DITES-MOI BONJOUR

Du même auteur

Aux Éditions du Seuil

Le Gone du Chaâba, collection « Point Virgule », 1986.
Béni ou le Paradis privé, collection « Point Virgule », 1989.
L'Ilet aux vents, collection « Point Virgule », 1992.
Les Chiens aussi, collection « Point Virgule », 1995.
Zenzela, 1997.
Le Passeport, 2000.
Ahmed de Bourgogne, 2001, avec Ahmed Beneddif.
Le Marteau pique-cœur, 2004.

Ouvrages illustrés

Les Voleurs d'écritures, collection « Petit Point », 1990.
Les Tireurs d'étoiles, collection « Petit Point », 1993.
Une semaine de vacances à Cap maudit, collection « Petit Point », 1993.
Le Théorème de Mamadou, 2002.

Aux Éditions Mille et une nuits

Dis Oualla !, 2001.
Les Dérouilleurs, 2002.

Aux Éditions Fayard

Un mouton dans la baignoire, 2007.
La Guerre des moutons, 2008.

Littérature pour la jeunesse

Aux Éditions La Joie de Lire

La Force du berger, 1991.
Jordi et le rayon perdu : énergie, 1992.
Le Temps des villages, 1992.
Maman est devenue une étoile, 1996.

Aux Éditions Gallimard

Quand on est mort, c'est pour toute la vie, 1994.
La Musique du Maghreb, 2005.
La Leçon de Francis, 2007.

Chez d'autres éditeurs

Mona ou le bateau-livre, Lyon, Chardon Bleu, 1994.
Tranches de vie, Stuttgart, Kleth Verlag, 1998.

Azouz Begag

Dites-moi bonjour

récit

Fayard

ISBN : 978-2-213-63717-4

Ce matin, le Mississipipi coule tranquille. Derrière quatre gaules, fils tendus, un pêcheur est avachi sur une chaise en tissu, jambes écartées et tendues. Il lit un roman. Profondément absorbé. Les poissons qu'il est venu prendre avec ses leurres ne l'intéressent plus, il a perdu le fil de l'eau. En passant devant sa bulle, je l'observe, puis inspecte ses lignes de nylon pour voir si ça mord. Il n'y a rien au bout. Je le regarde à nouveau. J'ai pensé un instant lui dire qu'il pouvait être tranquille, mais j'ai préféré le laisser divaguer sur ses lignes de papier.

Il a tourné une page.

J'en ai profité pour tracer mon chemin. À pas de loup.

Chaque jour, quand une page se tourne, il en va ainsi : chemin faisant, l'homme croise une Pépite et un Pépin. C'est une étoile qui me l'a dit, jadis, du temps où j'habitais avec mes parents dans la forêt, avec les gens des baraques qui n'avaient pas les moyens de se payer un destin.

La Pépite a le beau rôle : elle éclaire l'homme et lui ouvre la voie afin qu'il accomplisse sa traversée. C'est un accumulateur de bonheur qui se recharge au soleil et aux sourires. Elle délivre des messages à travers des corps et des formes qu'elle épouse en apparence sur notre passage : un rossignol de mes amours, un vieillard en guenilles, une belle femme à talons-aiguille, un enfant sur un skate-board, un inconnu qui traverse la rue à l'aveuglette derrière sa canne blanche, une feuille qui tangue autour d'un hêtre, un air de musique qui s'échappe d'une radio, un parfum exhalé par un joli corps. Et bien d'autres choses encore.

Pour se faire reconnaître par son protégé, la Pépite peut faire un signe indicible de la main ou des yeux, prononcer un mot ou une phrase sur un ton si profond que leur écho va résonner loin, très loin, en nous, comme si cela venait de nos aïeux qui veillent sur nous à la jumelle depuis leur ciel où ils se sont retirés. Alors nous saisissons le sens de ces signes sans même chercher à les comprendre. Nous avons la force de vivre, l'âme heureuse.

C'est cette énergie vitale que mon voisin Aimé, un Breton, avait ressentie, un beau matin au réveil. Hélas, le pauvre n'avait pas la baraka, ni aucune intuition des Pépins qui, sans relâche, glissaient des peaux de bananes sous sa vie déjà pleine de pansements. Un jour, sortant du lit, il se lève donc du bon pied et, ô surprise, constate qu'il est carrément en pleine forme. Il pose la main sur son cœur, s'apprécie dans son miroir, mesure avec enthousiasme la longue portée de son bonheur : oui, il est bien et il se lance à lui-même : « Bonjour, Aimé ! » Une belle flamme le propulse, il a de l'estime pour lui, la journée qui commence a de la saveur, il va la déguster jusqu'à la dernière minute, à 23 heures 59 et des poussières. Il se met à siffler, guilleret, s'habille et court à la boulangerie pour s'acheter des croissants chauds et croustillants. Il est heureux, chantonne *I'm singing in the rain*, sautille en claquant ses chaussures de Fred Astaire l'une contre l'autre. Il a faim, toutes les faims. Il a l'appétit de vivre, enfin.

Autour de lui, dehors, il pleut, le temps est sale, le ciel crasseux, le froid mordant, mais il n'en fait pas cas et n'y prête pas le flanc. Dedans, dans sa tête, il fait beau, l'air est frais et les croissants chauds. Le plus curieux, c'est qu'il ne sait pas pourquoi le bonheur lui a ouvert les bras et, dans un repli de son cœur, quelque chose lui dit qu'il y a peut-être anguille sous roche ; mais il s'est laissé faire, pour une fois.

Tiens, que se passe-t-il ? À l'entrée de la boulangerie, ses pas se fracassent contre ceux d'un Ours qui sort, miche de pain noir à la main, tête basse, dos voûté, et qui semble avoir les crocs. Malgré l'anguille lovée dans le repli de son cœur, Aimé lui lance, radieux : « Bonjour ! », articule bien le mot pour l'enrouler dans sa langue, telle une vaguelette que la mer envoie sur la plage pour chatouiller les orteils des enfants. Il va le faire vivre, ce mot,

« Bonjour ! », bon sang de bon sang, il y a si longtemps qu'il n'a pas ressenti une euphorie pareille, un cadeau du ciel. Il a envie de partager ce bonheur avec le monde entier, comme celui qu'on trouve dans les chansons de Charles Trenet. Il est sûr que c'est contagieux.

Hélas, l'Ours d'en face débarque tout droit des nuages, c'est un passager de la pluie qui fait une gueule de cumulonimbus à éteindre un soleil. Il s'arrête d'un coup sur le seuil de la boulangerie, se retourne et, bougonnant, balance au bienheureux :

– Pourquoi vous me dites bonjour ?

Le bienheureux voudrait répondre quelque chose, mais dans les yeux du nuageux il voit des ondées qui menacent son entrain, et sent ses griffes acérées prêtes à déchirer. Il ne va pas lui dire qu'il s'est simplement réveillé ce matin le cœur ouvert à l'inconnu, avec l'envie de dire bonjour à n'importe qui – n'importe qui, et ce fut qui ?

Lui, hélas.

Sa main posée sur le bec de cane, il en reste bouche bée : l'amère question « Pourquoi vous me dites bonjour ? » lui a fait mal. Elle a tué un enfant en lui. À court d'arguments, il aurait envie d'ouvrir les paumes de ses mains face au ciel, de hausser les épaules et dire qu'il n'y a pas de bonne ou mauvaise raison au bonheur : il est là, c'est tout. Alors son visage qui brillait comme un tournesol et ses sourcils joyeusement dressés en chapeaux chinois s'effondrent. On les dirait tombés à plat ventre sur la chaussée glissante. Et sa bouche aussi, et son menton aussi, et ses bras aussi.

Il ne pipe mot et s'apprête à entrer tout de même dans la boulangerie, parce qu'il s'était juré de tenir son bonheur jusqu'à 23 heures 59 et des poussières, quand l'Ours lui plante dans le dos des mots-poisons :

– J'aime pas que des inconnus me disent bonjour. Et je ne vous connais pas, môssieur !

Sur ce, il retourne dans son cumulonimbus, claudiquant sur ses deux pattes arrière dans son costume de velours marron. Il freine deux mètres plus loin et catapulte une dernière salve, parce qu'il a la hargne rancunière, il apprécie d'achever ses adversaires :

– Et j'aime pas non plus les gens qui sourient pour rien !

Abattu en plein élan, Aimé perdit en un déglutissement toute la saveur de ce jour si bien parti. Il n'eut même pas la force de tenter de la retenir quand elle s'éclipsa par l'entrebâillement de la porte de la boulangerie. Tête basse, l'homme désespéré ressortit. Il pleuvait à verse. Ses croissants prirent l'eau. Ses yeux en lâchèrent. Adieu, Fred Astaire.

*

* *

Longtemps cette histoire est restée à fleur de mots dans ma mémoire, elle dérangeait l'enfant qui grandissait en moi. Un jour, Aimé est mort. Ou peut-être une nuit, parce que c'était un homme discret, du genre à prendre son rafiot ou son vélo et à filer droit à la verticale sans laisser d'adresse au facteur ni même aux voisins qui l'aimaient pourtant bien. Des proches l'ont enterré dans un petit village de Bretagne, près de Perros-Guirec, sa terre natale, là où il voulait m'emmener un de ces quatre, disait-il, parce que ça me changerait de ce trou à rats où nous croupissions.

Je n'y suis jamais allé de son vivant. Ni de son mourant. Et je n'ai jamais su ce que voulait dire « un de ces quatre ». Quatre quoi ? me suis-je souvent demandé, et puis, en fin de compte, je me suis dit que tout le monde avait le droit de s'inventer des formules magiques qui ne veulent rien dire pour le commun des mortels.

Mon infortuné voisin avait le chic pour tomber sur des grincheux, des ténébreux, des nuageux qui l'empêchaient d'éclore et de s'épanouir. Ils ont fini par l'avoir. Aimé ne savait pas que vivre, c'est résister aux Pépins. Il ne faisait pas assez confiance à ses Pépites. Moi, si. Je suis un être d'instinct.

Je marche sur le trottoir et les Pépites s'activent à balayer mon chemin pour déjouer les pièges des Pépins qui sèment leurs embûches pour me faire trébucher. Le Pépin est l'ennemi héréditaire de la Pépite. Entre les deux il y a une guerre de cent, de mille ans, éternelle.

Le Pépin est de la mauvaise graine. Dès que je sors de chez moi, je sais que ma route est encombrée d'armées de ces êtres de fer aux mains garnies de lance-flammes, de clous, de herses et de hérissons qu'ils disposent et dispersent sous mes pas. Ils veulent ma perte, creusent des nids-de-poule sur le bitume pour me casser. Ce sont les baliseurs des ténèbres. Je les reconnais à un détail qui agit pareil que les gousses d'ail sur les djinns : le sourire. Dès qu'ils voient quelqu'un en plaquer un sur ses lèvres, ils sont contraints de mettre leurs avant-bras croisés devant leur visage et de s'enfuir en hâte dans les taillis d'où ils préparent leurs embuscades. Ou bien dans leur cercueil, car ils se repaissent de brouillasse, de grisaille, de grenaille, d'humidité, de vers mats, les frères ennemis des luisants. Pour eux le sourire est lumière et leur évoque la joie de vivre, alors ils essaient de l'étouffer partout où ils courent le risque de se faire blesser par un éclat de rire.

Dans la forêt où j'ai grandi, il y avait une pépinière et même plusieurs pépiniéristes où l'on nourrissait les ennuis avec des farines animales pour les engraisser. Ma voisine était un Pépin. Je l'appelais la Chauve-souris. Elle avait des bras gonflés qui ressemblaient à des ailes atrophiées de harpie. Et d'ailleurs, curieux hasard, son mari se disait immigré italien venu d'un village du sud de la Botte, Roccasecca, Roche sèche. Tu parles, ce n'est pas la roche qui était sèche, c'était son cœur, ou du moins ce qu'il en restait. Comme sa femme, il avait une gueule de Pépin, pas faite du tout pour accueillir les sourires ni en donner, bien au contraire.

Elle et lui avaient des vipères en guise de lèvres et elles ne prononçaient jamais le mot hospitalité. Il les eût écorchées. Ils vivaient dans leur baraque de sorciers, sur la berge du fleuve, à l'écart du monde, et détestaient la belle vie. À longueur de journée, chaussée de bottes en plastique, armée d'une petite serpette à la lame rouillée, elle cueillait dans les champs des pissenlits et des orties pour en faire des salades, des soupes, des décoctions. Souvent je l'espionnais, caché dans la coiffe d'un arbre, alors qu'elle était cassée en deux au milieu des hautes herbes, son large derrière ouvert aux vents, saucissonnée dans une robe à carreaux rouges, toujours la même, et elle causait comme une folle aux vents mauvais en donnant ses nerveux coups de lame dans les mottes de terre comme s'il y avait une tête d'humain au bout.

Elle faisait des soupes à la grimace, des sauces piquantes et des tisanes amères, prétendait-elle. Je n'en croyais pas un mot. C'était une *djennia*, une sorcière. Elle concoctait des *chorbas* machiavéliques pour ensorceler les gens, oui. Les nuits d'hiver, d'étranges fumées s'échappaient de sa cheminée, calligraphiant des lettres de l'alphabet qu'elle envoyait aux créatures maléfiques dont elle était la servante. Quant à son mari de Roche Sèche, il était obsédé par la guerre et ne s'intéressait à aucun autre sujet de conversation. Camps de concentration, Hitler, les Chleus, les Boches, blitzkrieg, Mussolini et tutti quanti, c'étaient les mots qui campaient sur les rives de sa bouche, toujours prêts à se coller à n'importe quelle phrase pour faire parler d'eux. Le bonhomme devait ingurgiter pas mal d'élixirs à base d'orties, lui aussi, avec ses yeux globuleux toujours en alerte rouge.

Parfois, pour sacrifier aux relations de bon voisinage, mon père se forçait à partager leurs bavardages inutiles. C'était un homme doux, courtois et respectueux, qui aimait les autres comme s'ils étaient lui. Il feignait de s'intéresser aux commérages, aux orties, aux guerres perpétuelles de ces deux malins, et, à chaque fois que je me retrouvais avec eux, pour faire celui qui comprend et qui a sa place chez les grands je souriais ou riais à pleines dents. Alors le visage de la vieille Chauve-sourire se comprimait, ses yeux allumaient un brasier dans leur orbite et elle lançait à mon adresse :

– Oh, mais qu'est-ce qu'il a l'air bête, ton fils, à toujours se marrer pour un oui, pour un non !

Ensuite elle croisait les bras devant son visage pour feindre de se défendre contre un rayon de soleil par trop violent.

À chaque fois, lors de mes premières sorties chez les adultes, le même scénario se répétait. J'étais un bébête, un bêta, une bête, un bestiau souriant stupidement. Mon instinct craignait ces mots-hameçons, aussi disais-je à mon enthousiasme de retourner en son palais de glace, au fond de ma bouche, pour rester bon voisin avec les pépiniéristes bâfreurs d'orties.

Mon père ne savait que répondre à un tel compliment adressé à son fils, car il avait passé toute sa vie dans la forêt où peu de gens parlaient la langue des Francs, et ne captait donc pas tous les propos de la folle. Alors, innocemment, il se mettait à sourire, lui aussi, et à dire « Hé oui, hé oui, qu'est-ce que tu veux, c'est comme ça... », des mots qu'on débite à l'improviste quand il n'y a plus rien à dire ou bien qu'on est sur le point de prendre congé. L'autre devenait encore plus coléreuse à cause du sourire de mon père. Ses deux aspics se hérissaient de nouveau le long de sa bouche, s'entrecroisaient, poussaient un cri strident et nous crachaient du venin noir à la figure pour y éteindre nos airs de gaîté. J'étais glacé d'effroi en voyant les contorsions des reptiles de la vieille à la serpette. Elles dessinaient comme un cul-de-poule à la place de la bouche piquetée de boutons dûs à l'excès d'orties.

À ses côtés, son homme complice bougonnait tout le temps avec ses guerres dans les yeux.

Je ne savais pourquoi la Chauve-sourire me voulait du mal, moi qui aimais simplement rire – rire simplement, c'est tout. Je pensais que sourire était un signe de bienséance, de courtoisie naturelle, comme dire bonjour. Cet étirement des lèvres qui montre qu'on est quelqu'un de gentil, prévenant, hospitalier, contagieux comme le bâillement et qui allume dans le regard un pétillement d'étincelles, m'allait bien.

Lorsqu'elle conversait avec mon père pour l'amadouer, je me rendais compte que la Chauve-sourire était le prototype même du Pépin qui essaie de se travestir en Pépite pour duper les gens sincères des baraques. D'ailleurs, elle se dissimulait toujours derrière des écrans de fumée, car non seulement elle mangeait des salades d'orties, de la soupe aux pissenlits, mais, de plus, elle fumait des Gitanes sans filtre qu'elle calait comme un cow-boy entre l'ourlet vipérin de ses lèvres. Des Gitanes maïs à l'odeur si particulière. À chaque fois qu'elle en extrayait une de son paquet bleu et blanc, elle en frappait l'extrémité sur le carton pour la tasser, quatre fois de suite, puis se l'envoyait sur la bouche et l'allumait en pivotant la tête de côté pour éviter que la flamme du briquet à essence n'embrase ses poils du nez.

Je détestais ce geste cassé, brutal, inélégant. De surcroît, en l'accomplissant, elle continuait sa conversation sans queue ni tête, et ses mots se déchiquetaient puis partaient en fumée au-dessus de la cime des arbres. Étrangement, à l'issue de chaque phrase, elle concluait son propos par une formule démoniaque : « Faut quand même pas pousser mémé dans les orties, hein ? » Le contexte m'indiquait que cela voulait dire qu'il ne fallait pas exagérer.

Je lui trouvais un air bestial, à elle aussi, mais je ne le lui dis jamais, pour la laisser mariner dans son état naturel.

C'est drôle, un soir après sa cueillette, elle rentra au village bouleversée, méconnaissable, en larmes. Son visage était un champ de boutons vermeils et, n'eût été sa robe de mégère, on l'aurait facilement prise pour une lépreuse expulsée d'une forêt voisine. Alors qu'elle était tête baissée dans les champs à déterrer ses racines, le cul en l'air, quelqu'un l'avait poussée pour de bon dans les orties ! Son étrange formule s'était retournée contre elle. Ivre de rage, elle était persuadée que c'étaient les gosses des baraques qui lui avaient fait pareil affront, elle les traitait de mauvaise graine qu'il fallait passer à la sulfateuse, hurlant que les parents ne savaient pas tenir leur ribambelle en laisse. Mais moi, je savais parler à mon petit doigt, et il me soufflait que c'était quelqu'un d'autre, plus malin que le monde entier, qui faisait mine de ne pas parler Franc mais qui, lorsqu'on jetait un hérisson sous l'avenir de son enfant, comme faisait la *djennia*, comprenait dès lors tous les mots indigènes et étirait un sourire narquois qui voulait dire : « Attends voir de quel bois je me chauffe, sorcière ! »

Mon père avait poussé la mémé dans les orties ! Je n'en revenais pas. Le soir même de l'incident, je lui posai sans ambages la question, mais il jura par tous les dieux qu'il était étranger à l'affaire et réclama pour lui la présomption d'innocence.

« Sur quoi tu jures en particulier ? je lui demandai pour le mettre au défi devant les dieux, justement.

– Sur ce que j'ai de plus cher au monde, il prétendit sans hésitation.

– Moi ?

– Ah ça, non. Et puis quoi encore ?

– Ta mobylette ?

– Ah ça non ! Et avec quoi je vais aller bûcher ?

– Ben, alors quoi ? »

Il chercha et ne trouva point. Il mentait. C'était bien.

Le monde regorge de taupes déguisées en fausses Pépites, m'avait prévenu Neigema. Neigema, c'était le nom de ma bonne étoile. Ça l'est toujours, car les étoiles comme elle ne meurent jamais. J'espérais que tous les gens du monde trouvent une bonne fée qui lui ressemble pour les aider à traverser les passages cloutés et repérer les amateurs de salades d'orties qui pullulaient en forêt.

Très tôt mon père m'apprit à identifier les Pépins en chair et en os. Quand, dans notre cabane, nous recevions des passagers ou des cousins habitant les bois voisins, discrètement il me demandait « Pépite ou Pépin ? » Et je devais deviner. Même sur les sentiers forestiers, à chaque personne croisée il me défiait du regard : Pépite ou Pépin ? – et dans les sous-bois et même les clairières, il testait ma clairvoyance. C'est incroyable comme il y avait beaucoup de Pépins travestis en Pépites, heureusement que j'avais mon radar, l'instinct, et mon détecteur, le sourire. J'avais fini par apprendre à les débusquer sur le champ.

Mon père, lui, était mon phare d'Ouessant. Il me permettait de naviguer en pleine mer, de rester dans le rail, d'éviter les écueils, les requins et les Pépins. Cerise sur le gâteau : il adorait manger les hérissons que lui cuisinait ma mère. Ce qui irritait effroyablement la Chauve-souris. Au début, je ne comprenais pas pourquoi, puis j'ai su que les hérissons étaient utilisés comme kamikazes par les Pépins pour crever les roues des bienheureux et celles de tous les optimistes qui chantent la vie en rose et les chansons de Trenet.

Une nuit, mon phare et moi, nous montâmes à la cime du plus grand hêtre de la forêt, et de là il planta son doigt dans le ciel et me souffla à l'oreille :

« Elle veille sur toi, mon fils, comme elle m'a protégé toute ma vie. Fie-toi à elle. »

Je la cherchai éperdument ; l'univers devant mes yeux était tellement infini, j'avais peur de ne pas être suffisamment à la hauteur, je m'énervais et disais « Mais où, mais où ? », je ne voyais pas ce qu'il y avait à voir, et il répétait sereinement « Au bout de mon doigt, regarde ! » Je cessai de cligner des yeux, fis un garrot à ma respiration et finalement l'aperçus. C'était comme un cerf-volant dont j'aurais perdu le fil, c'est tout. Un dieu l'avait placée juste au-dessus de ma tête, à ma naissance, pour me couvrir jusqu'au bout de la route. Depuis, là où je vais, elle vient. Là où je suis, elle est. Là où j'irai, elle me mènera. Je le sais.

Je n'ai plus peur de rien.

Neigema veut dire « étoile » dans le langage des cygnes. Je trouve que c'est un joli mot. Je mentirais si je disais qu'elle avait un visage d'une beauté à se jeter du haut du pont du Mississipipi, et une robe de soirée sertie des plus scintillants joyaux dont même les rêves ne sauraient rêver. Non, ça, c'est dans les contes des Mille et une Nuits. Neigema était juste semblable aux millions d'autres perles qui clignotent autour d'elle et protègent les bienheureux sur terre. Cependant, enfant, je la reconnaissais entre toutes parce qu'il y avait ce fil torsadé, si long, si solide, qui me reliait à elle et pour la préservation duquel il me fallut me battre si rudement. Et me faire battre, aussi, car être adopté par une bonne étoile se paie chèrement. Je l'ai appris et ne l'oublierai jamais.

C'était la première fois que j'allais au Parc des Cages dorées avec mon père et ma mère. Un rêve se parait de vrai. Depuis le temps que mes amis des cabanes me disaient qu'il y avait à l'orée de la ville des cages dans lesquelles des animaux venus d'autres planètes étaient retenus en captivité, je brûlais d'envie d'y aller pour les libérer, ou peut-être me libérer, je ne savais trop. Tous les jours, mon père disait non, non, nous n'avons rien à faire là-bas, ce qui s'y passe ne nous regarde pas, et de toute façon c'est à l'entrée de la ville, là où tous les dangers nous guettent. J'ignorais ce qui le tracassait au juste et ça m'énervait. Parfois je pensais que c'était parce que nous n'avions pas de vêtements du dimanche pour marcher parmi les gens de la ville ; d'autre fois, je croyais qu'il ne voulait pas voir la maltraitance des animaux déracinés et enfermés dans des centres de rétention. Mais c'était mon père, il savait ce qu'il fallait dire et ce qu'il fallait faire. Il voyait loin devant avec ses yeux plus hauts que les cumulonimbus qui éclairaient ma route de toute leur clairvoyance.

Et puis, un jour, il a dit oui. Je ne cherchai pas les raisons de cette virevolte dont il n'était pas coutumier.

Tout aurait pu se passer normalement, mais non. Bizarrement, les éléments se déchaînèrent le matin de notre voyage au Parc pour manifester leur solidarité avec les pauvres bêtes aliénées. Sans préavis, les hautes autorités du Ciel endommagèrent les plomberies de leur château d'eau pour larmoyer sans merci sur notre forêt et le reste du monde alentour. Pendant des jours et des nuits, le ciel pleura des trombes, essorant dans sa colère tous les nuages de l'univers, ceux des quatre saisons, ceux en pantalons, les poètes et les nerveux, les nimbus, les cumulus, les stratus, les jeunes et les vieux, les blancs et les noirs, les réservistes, obstruant la vue des étoiles, si bien que personne dans la forêt ne pouvait envoyer le moindre SMS à sa bonne fée. Le Mississipipi fiévreux sortit de son lit à cause de sa couette et de ses draps tout mouillés, mais aussi des tonnes d'alluvions bouillonnant de troncs morts qui dévalaient sur lui, emportés par des courants et des tourbillons étrangleurs. Il avait fui en direction des plaines, ses affluents à son cou, comme une mère poule avec sa couvée.

Dans la forêt, la vie intérieure des infortunés habitants prenait la tassée, et beaucoup avaient évacué leur refuge pour tenter de s'accrocher à des branches ou à des racines saillantes. Chaque goutte de pluie qui percutait leur cabane avait l'impact d'une roquette de bazooka, perçait les frêles protections comme des feuilles de papier à cigarette et laissait les gens en tête à tête avec leur guigne. Ceux qui avaient construit leurs baraques en altitude s'étaient vite retrouvés dérivant dans une lave de boue, emportés par des torrents que la violence des pluies faisait surgir par césarienne du flanc de la colline.

C'était évident, un dieu envoyait un blâme au rez-de-chaussée du monde, sauf qu'il s'était trompé de destinataires. Ce n'étaient pas les gens des cabanes qui maltraitaient les animaux immigrés de force, arrachés à la brousse, aux déserts, aux steppes, aux mangroves, mais les gens de la ville d'à côté, ceux qui faisaient de la politique, les requins experts en divisions pour mieux assurer leur suprématie. Hélas, les pluies tombaient quand même sur nos cabanes, nous transformant en dommages collatéraux.

L'injustice me faisait mal, mais ma mère me serrait la main pour que le sentiment de haine s'évacue par mes petits doigts, à travers elle.

Dans notre forêt, les seuls arbres à pousser étaient des hêtres robustes et insubmersibles. Fallait voir leurs muscles gonflés issus de leurs racines. Heureusement, ils servirent de parapluies à beaucoup de bêtes qui subissaient les foudres du ciel sans rien dire, à part les vaches et les moutons pris dans le mortier des torrents et qui, le cou dressé vers les survivants, lançaient par salves des appels au secours qui leur revenaient aux oreilles comme des boomerangs.

Réfugiés dans les branches des gros hêtres, les animaux des cimes, écureuils, passereaux, singes, serpenteaux, partageaient les mêmes appuis, solidaires et silencieux, attendant la fin du déluge. Ils savaient vivre au gré des sautes d'humeur de la nature, eux ; pas comme certains d'entre nous. Je m'étais souvent demandé, par exemple, pourquoi les gens des cabanes construisaient toujours leurs abris à flanc de colline alors que, depuis toujours, les pluies y faisaient beaucoup plus de dégâts qu'en forêt. Le passé ne leur servait de rien pour échafauder leur avenir.

Comme dans un *blitzkrieg*, les eaux infiltrèrent leurs vagues de commandos dans tous les coins et recoins de la forêt pour prendre à revers ceux qui avaient oublié que toutes les histoires ont une fin et tous les livres une dernière page : Orgueilleux, Voraces, Mégalo-saures, Tyrano-saures et autres despotes, Oppresseurs, Compresseurs, Jaloux, Insatiables et Enflammés du cerveau... Les victimes ensevelies étaient toutes DCD, on ne comptait aucun rescapé, comme disent habituellement les dépêches AFP. Il fallut beaucoup de mobylettes pour enlever les cadavres de ceux qui s'étaient crus Inextinguibles de leur vivant. En coupant l'herbe sous leurs pieds ambitieux, en ébranlant leurs certitudes de nantis, les eaux du ciel remirent les choses à leur juste place et redistribuèrent les cartes entre les survivants. Rien n'était garanti pour personne. Tout finissait par finir. Sauf le temps qui, quoique singulier, prenait toujours la marque du pluriel. Comme toujours et jamais.

Mon père et ma mère furent épargnés par le déluge parce qu'ils étaient des Douteurs. Dans leur existence ils n'avaient qu'une certitude, celle que la doutance est la meilleure des vertus et qu'elle en nourrit une autre, la tolérance. Ils ne tuaient jamais aucun insecte, pas la moindre fourmi, ni moustique ni mouche, chaque être à leurs yeux était une vie. Ils disaient que le plus petit d'entre eux pouvait fort bien être un de mes ancêtres ; aussi, sur les chemins forestiers, je faisais toujours très attention, en posant les semelles de mes sandales sur le sol, à ne pas écraser une aïeule ou un arrière-grand-père. Souvent je leur parlais aussi, mais j'avais peur qu'on me surprenne et qu'on me trouve aussi fêlé que la vieille Chauve-sourire.

Dans la tourmente, à l'instar des oiseaux sereins, mes parents attendaient eux aussi à l'abri de leur arbre généalogique, silencieux et songeurs. Dès les premiers jours de pluie, quand les gouttes commencèrent à crever les fines pailles de notre toit, que la bourrasque fit décoller deux des feuilles de zinc qui le constituaient, ma mère essaya de placer trois ou quatre bassines en plastique aux endroits stratégiques pour écoper l'eau, puis en mit cinq, six, et finit par abandonner pour cause de récipients insuffisants. Ou bien de pluies trop abondantes. En tout cas, elle en conclut qu'on n'aurait jamais de quoi éponger l'inondation. Nous étions devenus des Sans Toit Fixe. Alors, résolue, elle sortit dans la clairière avec ses bassines pour les offrir aux voisins que la furie des cieux avait épargnés.

Pendant ce temps, mon père était allé cacher sa mobylette dans un abri que lui seul connaissait, puis il revint vers sa famille parce qu'il n'abandonnait pas un bâtiment qui coule, comme tous les capitaines qui empruntent le rail d'Ouessant.

Pendant ce temps, les gouttes poursuivaient leur infiltration dans notre logis, s'y engouffrant comme dans un moulin, négligeant notre présence. Si bien qu'en deux temps, trois mouvements, les inondations firent de notre pauvre baraque en bois un radeau dériveur, et de nous des rats d'eau médusés, des bottes-pipoles. Les eaux montèrent jusqu'en haut de mon lit et de la cuisinière à charbon, qu'elles éteignirent, puis mirent en état de flottaison notre demeure et notre sort. Nous étions à présent des Sans Fondations Fixes.

Levée l'ancre, les quatre parois commencèrent à dériver au gré des courants, le toit ouvert sur l'inconnu, pour échouer finalement entre deux énormes hêtres au milieu de bois flottants. De là je regardai le spectacle du monde qui se métamorphosait autour de moi, écoutant mon père méditer sur le bonheur de ceux qui n'ont plus rien à perdre. Ma mère souriait toujours, sans se forcer, pour bien signifier aux Pépins qu'elle prenait cette péripétie comme une ballade sur une gondole, à Venise, rien de plus, que notre famille n'avait certes plus rien à manger, mais beaucoup à boire, c'était déjà ça de pris, et on s'en contenterait. J'imaginais les Pépins fous de rage devant pareille élégance. Je riais à pleines dents pour les narguer. Des Canards se firent Cygnes pour dire qu'ils seraient là en cas de détresse. Merci, mais je ne me sentais pas seul. Neigema était là, au bout du fil.

Devant nous, sur la terre battue, des cadavres flottaient, gonflés, ventres à l'air, dans les torrents jaillissants, parfois happés vers les gouffres amers par la morsure d'un tourbillon.

Notre baraque perdit une lettre de noblesse et se transforma ainsi en barque. Nous restâmes en attente sur ses épaules ou sur ce qui en restait, tout le temps que le Temps avait décidé. Puis, quand il déclara l'heure venue, les éléments cessèrent leur tapage et leur saccage, les trompettes et les tambours se turent, le carnaval des eaux prit fin, quelqu'un souffla dans un hautbois les notes de l'apaisement, elles traversèrent les clairières, les taillis, les chemins de terre, les ruisseaux, les sous-bois, les torrents retroussèrent leurs combinaisons et rebroussèrent chemin. Après un Do grave, le hautbois stabilisa le Sol.

Dans le silence qui s'ensuivit, des voix montèrent de la forêt : « Y'a-t-il des survivants ? Ho, hé ! »

Celles des secouristes.

« Quoi, quoi, quoi ? » firent devant nous les cygnes redevenus canards pour attirer l'attention des sauveteurs sur notre détresse.

Des gens de la ville vinrent nous dégager des racines du hêtre et de l'enchevêtrement de boue et de branches où mes parents attendaient le verdict des Hautes Autorités.

Privés de baraque fixe et de terre ferme par manque de racines solides, nous trouvâmes asile durant plusieurs semaines chez des dames très aimables et avenantes qu'on appelait Bonnes Sœurs. De vraies abeilles vêtues de noir et blanc, toujours affairées à fabriquer du miel contre les douleurs des gens comme nous dont les douches du ciel et le lit défait du Mississipipi risquaient d'anéantir l'existence en moins de deux, un de ces quatre, comme disait mon ami Aimé. Ces Bonnes Sœurs étaient des Pépites placées sur notre chemin par mon étoile.

Je guettais l'avenir dans les virages du temps, avec courage et curiosité, sous le regard de mon père rengorgé de fierté.

Après quelques jours passés en ville dans la grande maison des Sœurs, à bien manger, à se réchauffer, une bouillote à la place du cœur, la vie normale rouvrit son cours. Ses draps et sa couette séchés, le Mississipipi réintégra son lit à l'issue de son escapade à travers plaines qui avait causé tant de dégâts et fait tant de torts aux habitants des berges. Les animaux de la forêt retournèrent se défendre à visage découvert contre les vicissitudes de l'existence.

En quelques coups de marteau sur des clous rouillés, mon père reconstruisit un nouveau mobil-home, toujours sans fondations, puis passa beaucoup de temps à aider les voisins à rebâtir leur toit. Il avait récupéré sa mobylette et pouvait ainsi se rendre rapidement chez l'un ou chez l'autre. Au premier coup de démarreur, quand elle repartit au quart de tour, je vis des confettis d'allégresse jaillir de ses yeux. Il cajolait son petit engin à moteur, son carrosse de Cendrillon censé le conduire aux pays des merveilles.

Puis la terre sécha. On inhuma une deuxième fois les décédés que la boue avait ensevelis une première fois.

Des prières furent lancées en l'air par les hommes des villages pour accompagner la levée des âmes, puis, quand ce qui devait être accompli le fut, selon les rites hérités des ancêtres, mon père retourna bûcher comme les autres gens des baraques, pour conserver un cap à sa vie. Ma mère passa des journées entières à nettoyer les éléments de mobilier que nous avions récupérés dans la cabane : mon petit lit, une armoire, la cuisinière à charbon, la table en formica. Elle se remit à cuire du pain pour nous et les voisins qui avaient échappé à la noyade des Orgueilleux, Voraces, Mégalo-saures, Tyrano-saures et autres despotes, Oppresseurs, Compresseurs, Jaloux, Insatiables et Enflammés du cerveau.

Le soleil chassa les dernières gouttes récalcitrantes.

Moi, je recommençai à compter les étoiles dans le ciel. Et à compter sur elle aussi, ma Neigema, pour éviter les hérissons.

La roulotte de la Chauve-sourire et de son mari en guerre avait été emportée par les eaux du Mississipipi engrossé. On ne retrouva pas leurs corps. Pas plus que leur mobilier, leurs plants de pissenlits et d'orties – en fait, aucune trace de leur passage sur terre. Je ne pleurai pas leur ensevelissement. Je me demandai même s'ils avaient jamais existé. Voilà ce que c'est que médire sur autrui : on finit par se noyer dans les rumeurs du fleuve.

Les pluies avaient tout dilué, sauf une idée que j'avais bien gardée en tête : le parc aux animaux. Lorsque le hautbois cessa de jouer au faîte des arbres, annonçant la fin des hostilités, mon père vint me prendre par la main et tint sa promesse : l'heure était venue d'aller voir ces fameuses bêtes. J'allais profiter à fond de l'éclaircie. Tant de nuits, dans mon lit, j'avais vu ce parc, je devais y aller, c'était comme un aimant. Les animaux attendaient ma visite, c'est tout ce que je savais, et le temps avait décidé de se mettre en transes pour préluder à un évènement d'une telle importance. J'avais compris le sens de toute cette mise en scène.

Nous voici sur la route.

Montés à trois sur la mobylette, nous roulons en direction du Parc des Cages dorées, mon père au guidon, ma mère sur l'arrière de la selle biplace, et moi au milieu, pris en chiche-kebab, écrasé entre le ventre d'où je suis né et le dos de mon père que je serre entre mes petites mains. J'ai tourné ma tête de côté pour ne pas être étouffé et découvrir aussi le paysage de la ville en lisière de la forêt. C'est ma première sortie en terre étrange.

Rien qu'à imaginer ce que je vais voir, je salive de plaisir. Heureusement, il y a l'arrière de la veste de mon père que j'utilise comme mouchoir pour éponger les coulées.

Mes yeux sont mouillés, eux aussi, mais ça, c'est à cause du vent que dérange la percée de la mobylette pétaradant sur la nationale.

Le lac qui se trouve juste à l'entrée du Parc a gelé et mon père et ma mère en sont ébahis. Jamais ils n'ont vu pareil spectacle, l'œuvre de Dieu. C'est le congélateur du frigo céleste qui a cette fois débordé, je me dis. Des gens courent sur son ventre de glace, juchés sur des chaussures de fer, bras en l'air comme des funambules. Des garçons, mais aussi des filles. Ils sont beaux, leur peau est soyeuse. Ils semblent heureux. Leur vitesse de glisse sur la patinoire étire leurs sourires. Même quand ils prennent un gadin, chutent sur les genoux, ils rient. Je me dis : Tiens, il ne doit pas y avoir beaucoup de Pépins par ici, ça rigole trop.

Les patineurs portent des bonnets de laine sur la tête. J'ai grande envie d'en avoir un pareil sur la mienne, tellement les gifles du froid sont piquantes, et j'imagine aisément mes oreilles glissées dans le chaud tissu. Il doit sentir bon la chaleur des gens qui habitent les maisons en dur, autour du Parc.

Les Cages dorées... Quelle tristesse ! Les animaux ont été arrachés à leurs terres natales, à leurs origines, leurs mares, leurs étendues ocre, leurs frondaisons enchevêtrées, pour se retrouver menottés dans des cages de luxe avec le prétendu confort du monde moderne, eau potable à domicile, livraison de foin et d'orge à la porte, room-service 24 heures sur 24, des serviteurs employés par la ville aux petits soins avec eux, un toit fixe, un médecin sur place, une carte vitale. Une vie d'ayant droit.

Malheureusement, chaque espèce a son gîte spécialisé, ses quartiers d'isolement séparés par des fosses profondes quand il s'agit de bêtes classées dangereuses. Personne n'a l'air heureux dans cette prison dorée qui n'a rien de l'harmonie d'une société multiculturelle. La révolte permanente gronde. Les macaques crient comme des forcenés en essayant d'arracher leurs barreaux que leurs doigts pressent rageusement,

les lions tournent en rond dans un dé à coudre, comme alimentés par des piles Duracel,

les zèbres portent leurs tenues rayées de bagnards et croupissent à l'ombre l'un de l'autre,

les alligators ont l'air empaillés,

les éléphants barrissent contre leurs murs et lancent vainement leurs trompes comme des grappins vers l'autre rive,

les aigles royaux déchus planent sans décoller,

les hérons n'ont plus la pêche,

les buses sont désabusées,

les pink floyds ont déteint,

les loups sont devenus couards.

Voilà le contexte : le Centre de Rétention dans lequel mes parents et moi sommes en train de déambuler, en ce jour du Seigneur qui n'a pas fait grand-chose pour empêcher pareil déluge de cruauté. Était-ce cela, l'objet de mes rêves, ces buses désabusées, ces éléphants trompés, ces drôles de zèbres et ces loups couards ? Même des pigeons s'étaient fait pigeonner à l'intérieur des cages, par inadvertance, sans doute à cause de l'adjectif « dorée » qu'ils avaient pris pour argent comptant. Ou bien profitaient-ils clandestinement de l'hospitalité française pour grappiller cacahuètes, bananes et croûtons de pain de la sécurité sociale que les visiteurs balançaient à l'intérieur des cellules en dépit de l'inscription formelle : « Ne pas donner à manger aux animaux sous peine de sanction pénale » ?

Mon cœur s'est plié en deux. Mais pourquoi avais-je tant insisté pour venir ?

Et voici mon destin tel qu'il a fait un saut de page. J'étais en train de plaindre ces pauvres détenus quand soudain je vis passer devant moi un vendeur de couleurs, un vieil homme pas plus haut que moi. Sur sa charrette en bois supportée par deux larges roues qui lui arrivaient au menton, il proposait aux nombreux visiteurs du parc ses bonbons, jouets, glaces et surtout des ballons gonflables. Le choc amoureux : au premier coup d'œil, ces ballons m'ensorcelèrent les yeux et le ciboulot. Dès que je les aperçus, je n'eus plus qu'un désir au monde, en posséder un et ne plus jamais le lâcher de toute ma vie. Coûte que coûte.

Moi qui me prenais pour un adulte capable de contenir ses caprices dans un sac à patates solidement scellé avec du fil électrique et mon pied dessus, en un éclair je retombai en maternelle. Je voulais un ballon aux mille couleurs, c'était ça ou je meurs. Oubliées, les bêtes en captivité et leurs complaintes, foin de mon amour de la liberté, tout mon vocabulaire ne tenait plus qu'en un mot, une obsession : ballon.

Malheureusement, l'aspect « coûte que coûte » de cette histoire était justement celui qui freinait l'élan de mon père, sinon il y a belle lurette qu'il aurait subodoré mon vœu et acheté un ballon de son propre chef. Mais voilà, ses poches étaient trouées, on pouvait faire l'expérience de la poussée d'Archimède en enfouissant la main dedans : elle filait dans le vide jusqu'aux genoux, tellement les trous étaient profonds, et il n'y avait absolument rien qui remontât en surface.

Je pleurais, ma mimine dans celle de ma mère, comme un enfant gâteux, la bouche pleine de récriminations comme les fils de la ville. Moi, j'habitais dans la forêt, loin, j'ignorais encore que mes parents ne pouvaient m'offrir ces futilités remplies d'air, comme ce ballon qu'un moindre coup de vent pouvait nous rafler en le faisant s'envoler. Alors, comme un perroquet pris par un hoquet, je marmonnais en sanglotant : « J'en veux un ! j'en veux un ! j'en veux un ! » dans l'espoir de pourrir la vie de mon père qui marchait devant moi, les mains dans ses poches d'Archimède, le col remonté sur son cou nu.

Ma mère tenait ma menotte dans la sienne, parée à me protéger au cas où il lui prendrait un coup de sang, ainsi qu'elle en avait l'habitude depuis qu'elle lui avait confié les clés de son cœur. Lui, restait muré en lui. Il devait se maudire, pour une fois qu'il emmenait sa progéniture au Parc voir les animaux, il se retrouvait pris en sandwich-merguez même pas hallal dans les tentacules des djinns de la Consommation. Car il devait bien sûr penser que nous étions tombés sur un gros Pépin, du moins est-ce ce que je compris plus tard, lorsque l'ouragan cessa.

Ma mère, par de légères pressions des doigts, tentait de me faire revenir à la réalité des gens des baraques, aux valeurs ancestrales que chacun portait là-bas en soi, dont celle d'humilité. Vainement. « Je veux un ballon, je veux un ballon ! » assénait mon cœur rayé.

Mes yeux faisaient une fixette sur l'un d'eux en particulier, celui décoré d'étoiles scintillantes plus belles que celles de Noël. Impossible d'imaginer rentrer chez moi sans un élément de cette guirlande gonflable que le vendeur transportait au-dessus de sa tête comme un gros bouquet de fleurs. Je me demandais même comment il faisait pour ne pas décoller, avec toutes ces ravissantes petites montgolfières à bout de bras. Je regardais ses pieds : étrangement, ils ne touchaient pas terre, mais j'étais le seul à m'en apercevoir.

Soudain une jolie blonde de type Flamande rose, avec robe moulante, escarpins noirs, sac croco valant son pesant d'or, entra dans mon champ de vision, s'approcha, ouvrit son sac comme on ouvre une caverne d'Ali Baba, et acheta un ballon à son petit qu'elle appelait « mon lapin ». Elle lui proposa même avec une infinie douceur de choisir celui qui lui plaisait. Fallait voir les yeux du petit ! Et les miens ! Il saisit fébrilement un fil entre ses doigts, n'importe lequel, au hasard, et c'était justement celui aux étoiles scintillantes que j'avais visé avec l'arc de mes rêves.

Pour la première fois de ma vie je sentis enfler en moi le souffle de la haine, les torrents de la fureur, les raisins de la colère. J'espérais que, d'un coup, des tonnes d'eau de pluie allaient tomber sur la tête de ce maudit lapin et de sa flamande rose qui m'avaient volé mon rêve, les ensevelissant sous un monceau de boue derrière la roulotte de la Chauve-sourire et de son époux, la Roche Sèche. Qu'ils aillent tous au diable ! Je passai la main sur ma bouche pour essuyer les alluvions accumulées à ses commissures par l'envie d'anéantir tous les nantis.

Le comble, c'est que le lapereau avait la frousse du ballon, ça se voyait sur sa figure de chérubin et aussi à ses gestes tremblotants. Il n'osait le tenir fermement de crainte de s'envoler avec lui, loin de sa maman rose au porte-monnaie cousu d'or, et de sa ville illuminée. Elle tendit des sous au vendeur. Les lucarnes du petit vieux s'allumèrent comme une fête foraine dès qu'il eut palpé le papier argent. J'appelai de nouveau Poséidon, dieu des tempêtes, pour déclencher l'ire des mers et des océans contre ce vol à l'arraché, lorsque, soudain, l'enfant cria à l'étouffée : « Maman, oh ! » – ou bien « Maman, haut ! », il n'articulait pas bien.

Il s'était fait carotter son cadeau par un coup de vent sans papiers en provenance de la banlieue mal famée. Sa bouche goba un œuf surprise, coquille incluse, en même temps que sa tête se levait vers le ciel. Le ballon s'était bel et bien échappé et filait sa route, peinard, au gré des vents ascendants, accompagné d'un *requiem* de Mozart.

Tous les animaux en cage suivirent en pleurant de joie l'affranchissement du détenu qui, n'étant plus tenu, rentrait chez lui au-dessus des chênes du Parc aux Cages dorées.

Sur le visage de l'enfant-lapin se dessinaient maintenant trois cercles largement ouverts : ses deux yeux et sa bouche. Comme la tête à Toto. Moi, je ne pensais qu'à une chose : me transformer en lièvre, rattraper le ballon fugueur, lui mettre le grappin dessus, une laisse à mon prénom, un cadenas muni d'un code secret. Lui donner mon nom.

Je fis un pas en avant, prêt à bondir, puis en tentai un autre, dans le même élan, quand un sentiment d'impuissance me scotcha au sol. En quelques secondes, mon ballon était déjà hors de portée de son geôlier. Son fil le suivait servilement en se dandinant du croupion, perdu de ne plus avoir de main courante à sa poursuite.

Alors, resté seul sur terre, les mains en digue sous les yeux, l'enfant se mit à pleurer. Sèchement. Parce que tout était allé trop vite et qu'il ne savait pas encore quelle chevillette actionner, celle du rire ou celle des larmes. Après tout, le ballon allait peut-être revenir, va savoir ce qu'il y a dans la tête de ces objets volants qui ont toujours vécu en captivité, un fil à la patte. Puis, quand son désir ne fut plus visible à l'œil nu, le lapereau fondit en sanglots longs. Paniquée, la maman, devant la langueur monotone qui submergeait le fruit de ses entrailles, son cher amour, et qui risquait de le noyer, cherchait une réponse à son malheur. En un éclair ses yeux pivotèrent du ciel au vendeur. À peine deux larmes avaient-elles coulé sur les joues de la victime du vol à l'arraché, qu'elle avait acheté un autre ballon.

Le vendeur s'enflamma de plus belle face à cette blonde Pépite aux yeux bleus et au porte-monnaie grassouillet qui s'ouvrait avec une légèreté providentielle. Le bonheur irradia son regard comme si un deuxième lapin de Noël était sorti du chapeau d'un magicien. Après avoir proféré quelques banalités faites de restes de mots de la veille, il attacha cette fois le fil du second ballon au poignet du petit. Et les violons de l'automne laissèrent place à un rayon de soleil qui embrasa les pupilles du lapereau.

J'étais en pétard, d'une rancœur fallait voir comme. Et maussade, aussi. Je fusillai du regard mon père qui avait suivi la scène, et me remis à mitrailler ma rengaine « J'en veux un ! » dans une salve à trois temps, pour bien les enfoncer dans son crâne à découvert.

« Ferme-la... une fois ! » cria-t-il brusquement tout en continuant de marcher droit devant, le regard braqué sur les portes de sortie du maudit parc.

Ma mère exerça une autre pression sur mes doigts, l'air de dire : « Là, ça sent le roussi, fiston, on a atteint son seuil de tolérance » – elle savait de quoi elle parlait.

Mais je ne fléchis point.

« Non, j'en veux un !

– Ferme-la, deux fois ! » fit claquer mon géniteur sur le même ton fouettard.

Je ne me laissai pas intimider. De toute façon, j'étais un autre, maraboute, je n'entendais plus rien que le bruissement du vent sur l'objet volant trop bien identifié par ma convoitise.

« Non, je veux mon ballon ! »

Ma mère resserra encore sa clé à molette sur mon poignet.

« Ferme-la, trois fois...

– Non... »

Je ne pus ajouter un mot de plus à ma ritournelle. Tel un guépard bondissant d'une cage voisine, mon père se rua sur moi et me saisit entre ses griffes, une pluie de baffes s'abattit sur ma tête et mes fesses, ma mère criant pour qu'on n'égorge pas son cabri devant tous ces gens offusqués et les animaux hurlant à qui mieux mieux derrière leurs barres.

Heureusement, le vendeur de rêves s'approcha du lieu du crime en préparation et exigea de mon père qu'il desserre ses griffes et ses crocs. Mais mon phare d'Ouessant ne comprenait pas le Franc. C'est seulement quand d'autres secouristes furent venus lui faire la leçon, pleins de réprobation, qu'il remisa ses couteaux dans ses poches trouées et referma sa bouche sur ses dents ensanglantées. Il avait l'air égaré, à voir l'attroupement qui s'était formé autour de lui pour quelques frappes éducatives assénées à un enfant capricieux.

Je pleurais, les mains plaquées sur ma tête et mes fesses pour y freiner le surgissement de bosses et de bleus. Une vieille dame, une Autruche, tenant elle aussi un sac en croco à bout de bras, dit en regardant les autres spectateurs regroupés autour de moi :

« Eh ben, si c'est pas malheureux de voir ça !

– Honte à vous ! hurla une Carpe émergée du bassin. On me connaît, je n'ai point pour habitude de me mêler de ce qui ne me regarde pas, mais trop, c'est trop ! »

Les flamands roses approuvaient depuis leur berge :

« Sauvage ! »

Les canards aussi depuis leur mare :

« C'est bestial ! »

Les grizzlis faisaient grise mine :

« En matière d'ours, on fait pas mieux.

– Drôle de zèbre, lança le vendeur de couleurs. Mais quel crime ce pauvre enfant a-t-il commis pour susciter pareille barbarie ? »

J'essuyai mon nez coulant avec ma manche et redis que je voulais un ballon : c'était une exigence et non plus un caprice, cette fois. Mais mes mots se fracassèrent contre le dos de mon père qui s'en allait à grands pas récupérer sa mobylette sous les huées du public à deux et quatre pattes.

À peine eus-je fini de sécher mon nez que j'aperçus un deuxième briseur de rêve : un enfant de mon âge venait d'en acheter un avec sa maman ! L'injustice me noua la gorge. Je déglutis avec peine sous les regards incrédules des Pélicans aux pieds dans l'eau qui en avaient gros sur le menton, eux aussi.

Des Rouges-gorges me lorgnèrent comme un des leurs, à présent. Ils se penchèrent sur mon cas, puis entonnèrent un air que je ne connaissais pas.

Ma mère et moi, comme deux orphelins, retournâmes à pied à la forêt. Elle me raconta une histoire réchauffante pour éponger mes joues salement marquées par les crues de tristesse. J'étais tellement déçu de rentrer bredouille et surtout d'avoir humilié mon père devant les animaux du parc et leurs visiteurs ! Je m'en voulais. Lui qui avait poussé la mémé dans les orties pour se venger des salades qu'elle racontait sur mon compte, voilà que je le trahissais.

Je découvrais amèrement toute l'ingratitude dont j'étais capable.

Arrivé dans la cabane au fond de la forêt, je mangeai un trognon de pain enduit d'huile et allai m'enfouir dans mon lit. C'était un lit en fer forgé, monté sur des pieds assez élevés pour empêcher les rats d'accéder à moi pendant mon sommeil. J'aimais me retrouver à bord de mon embarcation. Je n'avais pas peur, même quand une tempête secouait le monde autour de moi, dehors, dans la nuit. C'était mon royaume intérieur.

Ma mère vint me voir et me demanda si je voulais qu'elle installe ma tente. Je dis oui. Alors elle ouvrit le drap qu'elle tenait entre ses mains et le déploya au-dessus de mon royaume pour en faire d'abord une voile, puis un toit. Ensuite elle alluma la mèche de ma lampe-mandarine et la plaça sur un tabouret à hauteur de mes yeux. La flamme orange se mit à danser sur le drap de ma tente, faisant surfer des ombres chinoises sur les vaguelettes du tissu. Ma mère me demanda si ça allait. Oui, j'étais fin prêt à appareiller.

La traversée de la nuit commençait. Mes paupières commencèrent à lever l'ancre, puis une des ombres chinoises qui ondulaient sur mes voiles se transforma en silhouette ronde. C'était un ballon. Celui de mes rêves. Vert et blanc avec une frise ocre et des étoiles tatouées sur son ventre lisse. Gonflé à bloc, comme la voile d'une felouque sur le Nil. Mes yeux devinrent à leur tour des ballons. Puis je vis le fil qui le retenait. Il se noua à la proue de mon lit. Ensuite seulement je vis les mains de mon père, puis son visage enguirlandé de sourires. Il s'agenouilla près de moi, posa sa main sur ma tête pour y palper les bosses, et murmura :

« Pardon, mon fils. Pardon. »

Je lui dis :

« Tu as le droit de me battre, papa, je suis ton fils. »

Il éclata en sanglots dans ses mains crevassées. Je ne voulais pas voir ça : un phare d'Ouessant ça ne doit pas avoir peur, ça ne peut pas pleurer, c'est un phare. Il me supplia encore de le pardonner, le travail était si dur dans la forêt qu'il devenait une bête comme celles du Parc aux Cages dorées. Mais je redoutais de voir mon père s'abîmer en sanglots longs. S'il se remettait à pleuvoir, qui allait me protéger, les jours de vraies tempêtes ?

Je redis :

« Arrête de pleurer, papa ; tu as le droit de me frapper, si tu veux. Je ne ferai plus jamais de caprices, je te le promets. J'ai fini d'être un enfant. »

Il dit :

« Non, non, je t'en prie, mon enfant, ne redis pas ça. J'ai trop mal.

– Alors merci pour le ballon. »

Il baissa la tête jusqu'à moi. Je l'embrassai de toute ma chaleur. Il jura que j'aurais tous les ballons du monde, maintenant qu'il avait compris. Je regardai le mien et le fil de mon désir qui le retenait au bastingage de mon lit.

« Papa ?

– Oui, fils.

– C'est toi qui avais poussé la mémé dans les orties ?

– Tu veux vraiment savoir ?

– Oui.

– Alors oui. C'était bien moi. »

Après ça, je m'endormis comme un lionceau. Jamais je ne m'étais assoupi aussi légèrement dans mon petit bateau à voile. Avant de fermer pour de bon les yeux, j'entrevis la lampe-mandarine aux reflets dansants flotter en haut du mât, à côté du ballon. Ils se parlaient. Ils fomentaient un départ, tous les deux. Avec moi comme passager.

Cette nuit-là, je partis en montgolfière, seul dans mon lit de fer forgé, loin de mes racines et de ma douceur angevine. Je vis d'en haut la forêt où nous habitions avec son fouillis de hêtres et de ronces qui m'empêchaient d'en sortir, ses clairières, ses chemins de terre, ses ruisseaux, ses rapides et le Mississipipi, les champs de pissenlits et d'orties de la Chauve-sourire. Je montai davantage. Un peu plus loin m'apparut la grande ville avec les vers luisants qui l'illuminaient. Son gigantisme m'inquiéta : les buildings en dur, les grandes avenues semblaient compressés, prêts à exploser et à répandre leurs éclats alentour, dans les marges où se trouvaient ma forêt et les tribus des baraques. Cependant, mes craintes se dissipèrent lorsqu'un peu plus haut surgirent les crêtes des Alpes, le Mont-Blanc, les coulées de la Vallée Blanche. Tous les paysages étaient redevenus fluides. Je survolai bientôt l'Océan, puis les États-Unis d'Amérique reconnaissables à la forme des côtes de Floride, et je me promis un jour d'y aller. Je tenais de plus en plus fermement le fil à suivre, jusqu'à ce que sous mon lit-nacelle il n'y eût plus que la Terre ronde, une splendide planète aux eaux bleues. Je discernais la main de ma mère et celle de mon père qui tentaient encore de me reprendre à l'immensité et de me ramener à eux. Mais ils ne pleuraient pas, ils avaient la nostalgie de moi, c'est tout. Du temps allait passer, j'allais peut-être revenir à la maison, plein d'usage et raison.

Je naviguai ainsi des années-lumière dans la Voie lactée, évitant d'accrocher les innombrables fils arrimant des Terriens à leur étoile. À un moment donné, j'aperçus même le ballon que l'enfant-lapin du Parc aux Cages dorées avait laissé filer sous mes yeux lors de ma visite, il y avait une éternité, me semblait-il. Il errait dans l'infiniment grand, libre à jamais, et chantait *I'm singing in the rain* en remuant gaiement son fil de traîne.

Ma montgolfière accosta sur un îlet du Royaume du temps. Je me retrouvai en attente entre quelque chose et autre chose, ni ici, ni là, et c'était un délicieux sentiment de légèreté. Le temps était resté sur terre dans les horloges, les montres, les sabliers, les calendriers, les agendas, les fiches horaires, les horloges parlantes. Il n'y avait aucun bruit autour de moi. Je descendis de mon embarcation et posai le pied sur une mousse jonchée de Pépites aux mille éclats et des plus beaux tapis de la nuit des temps. Ma bonne étoile m'attendait dans son écrin, mes pas me conduisirent tout naturellement à elle. Elle ne faisait que sourire. Elle ne l'avoua pas, mais je sentis, à sa façon de me regarder, qu'elle avait le béguin pour moi.

Je pouvais repartir sur terre dans ma montgolfière, sans angoisse : elle resterait au-dessus de mon lit jusqu'à la fin du grand voyage. Elle me reparla des cadeaux des Pépites et des pièges des Pépins que j'allais rencontrer au long de mon Odyssée, des charybdes et des scyllas, des sirènes, des outres et de leurs vents impétueux. J'étais aux anges. Je lui appris que mon papa m'avait déjà pas mal formé à reconnaître les Pépins, elle me répondit qu'elle avait suivi de près mon éducation. Elle n'était pas ma marraine pour rien. Puis, elle me proposa de me faire faire le tour du propriétaire, mais, brusquement, elle se raidit, son sourire vira de bord et se laissa démâter par un vent d'inquiétude : elle me comprima le bras comme si minuit avait déjà sonné ; prise de trouille à cause de l'histoire de la citrouille, elle me ramena en hâte à mon vaisseau à 23 heures 59 tapantes.

« Tu dois vite redescendre dans ta forêt, le temps a fait des siennes », s'empressa-t-elle de dire en me poussant par devant elle.

Elle avait capté une onde qui me concernait directement. Illico, sans demander mon reste, je remontai dans mon lit, hissai ma voile et saluai Neigema d'un baiser glissant le long de mes doigts.

« Reviendrai-je un jour ? » demandai-je, frustré de n'avoir pu découvrir le Royaume.

Elle se contenta de sourire.

Le voyage de retour me sembla plus court que l'aller. C'est parce que le paysage me paraissait déjà familier et rassurant, et que je me sentais maintenant encore plus protégé qu'avant par mon Athéna.

Quand le ballon m'eut déposé à l'endroit d'où il était parti, devant le clos de ma pauvre maison, je crus un instant m'être trompé de planète. Plus rien n'était comme avant. L'atmosphère avait radicalement changé, comme si l'air lui-même avait été remplacé, les odeurs falsifiées. Des hommes avaient étiqueté mon lieu d'enfance « espace vert ». À l'endroit où se trouvaient mes deux hêtres, où notre cabane avait échoué lors de la grande crue, une immense pancarte indiquait en grosses lettres bleues et rouges : *Imaginons la Gaule d'après !* et présentait des croquis d'habitations carrées et d'espaces aménagés dans le plus infime détail par des architectes de l'Avenir. Des maisons en dur avaient poussé comme des chanterelles et des bolets géants à chapeaux rouge brique. Elles étaient rassemblées dans un quartier dit « Le Bois noir », autour de grands immeubles qui semblaient retenir leur respiration tant ils étaient engoncés dans leur coffrage de béton. Des grues avaient été plantées partout comme si la peau de ce nouveau monde était en cure d'acupuncture.

La ville avait démesurément grossi.

Le pays des vers luisants avait avalé la forêt ; j'en avais eu le pressentiment, en partant. Les arbres géants, devenus gênants pour les plans d'occupation des sols, avaient été gommés des surfaces sans autre forme de procès. Les pauvres hêtres n'avaient pas vu les haches acérées leur couper la tête : eux aussi en avaient perdu leur première lettre de noblesse. De profondes fondations avaient été creusées pour qu'aucun vent n'emporte les nouvelles baraques de confort à l'occasion de crues incontrôlables du Mississipipi. D'ailleurs, il n'y aurait jamais plus de débordements du fleuve, puisque des digues avaient été conçues pour canaliser, voire enterrer son cours. Tout cela était inscrit sur des panneaux pour informer et édifier les populations. Je lisais avec consternation. On ne pourrait plus jamais revenir en arrière.

Des parkings pour voitures avaient été percés sous terre. À la place des chemins de mousse qui naguère s'écoulaient silencieusement entre les arbres, parmi les taillis, sous les hautes frondaisons, des pistes cyclables, des routes bitumeuses, des carrefours et des ronds-points avaient été aménagés, des feux de signalisation plantés. Le champ où la Chauve-sourire allait ramasser pissenlits et orties pour ses soupes avait été transformé en aire de loisirs, des hommes et des femmes couraient en tenues de sport sur les pistes, leurs foulées sans mémoire piétinant les souvenirs de mon enfance.

Un nouvel ordre des choses avait pris place depuis mon voyage. J'étais désorienté, mon regard faisait sans relâche la sauterelle entre les mauvaises surprises. Une guerre de Troie avait eu lieu ici, un siège de plusieurs années, une conquête au cours de laquelle j'imaginais des architectes armés jusqu'aux dents embusqués à l'intérieur d'un grand cheval de bois. Jadis, je connaissais ici chaque motte de terre, chaque coin à champignons, les terriers, les nids de couleuvres ; maintenant j'étais un étranger. Cette terre ne m'appartenait plus.

Je courus vers le Mississipipi pour retrouver les vieux puits à la margelle de briques où puiser l'eau, dans lesquels je m'amusais à pêcher, avec mes amis, non loin de l'endroit où se trouvait la roulotte de la Chauve-sourire. Mais, lorsque je parvins sur les lieux, je freinai des deux sabots. Ce qui avait été là n'y était plus. La rive du fleuve avait été repoussée, greffée plus loin par des planificateurs urbains. D'autres maisons en dur avaient été construites, et, devant leurs façades, une route à quatre voies avait été gagnée sur les berges du Mississipipi, et devant cette route à quatre voies gagnée sur le Mississipipi s'étendait une mer. La mer ! La vraie, en bleu et vert, en sel et en eau. Aussi étonnante que cette prouesse technologico-tectonique puisse paraître, les ingénieurs avaient opéré une percée depuis les rives de la Méditerranée pour livrer clés en main une option inédite aux nouveaux propriétaires immobiliers de la région. Un slogan flottait au vent comme un fanion de victoire : « La mer à perte de vue, la mer à portée de main ! »

Les caisses enregistreuses devaient battre leur plein, les banquiers se frotter les mains.

Pour chaque démesure, un slogan avait été conçu et gravé dans l'espace public, plus haut encore que les minarets des mosquées, que les clochers des églises. C'était une nouvelle religion. Une « nouvelle philosovie », comme le vantait une publicité murale.

Des voiliers avaient déjà pris position dans les marinas, le long des quais dits « de plaisance ». Ils attendaient leur barreur de gloire.

Tels des fourmis de fer, des scarabées de cuivre, des coccinelles en plastique, les voitures circulaient sur les nouvelles voies, écrabouillant de leurs pneus neufs les traces du passé. Comme si rien n'avait existé auparavant. Comme si aucun peuple n'avait jamais habité là.

Une impression de vide me submergea, perforante. Ma mémoire s'affaissa et s'évanouit comme un ballon crevé. Je dus m'asseoir sur un banc public, mes jambes et mes bras démagnétisés. Sur ma gauche, là où aboutissaient jadis les rives du Mississipipi, une autre pancarte lançait vers le ciel son défi des temps modernes : « La Ville engage pour vous la reconquête des berges ! » Je la lus et relus, le cœur en repli. Reconquête ? Quelle reconquête ? Mon Mississipipi ne faisait la guerre à personne, il n'en avait nul besoin, il était bien comme il était, chez lui, pour nous, et je l'aimais, malgré ses accès de colère et ses débordements.

On avait squatté la moitié de son lit pour y loger des parkings.

Les plantes et les herbes de la forêt avaient été sédentarisées, dirigées vers des bacs spécialisés ; le vagabondage de la nature sur la voie publique était désormais prohibé par le nouvel ordre : plus une seule ortie ni un seul pissenlit n'était visible, tout devait être étiqueté, rangé dans les compartiments assignés par les concepteurs du monde d'Après pour les besoins d'une remise en ordre généralisée de l'espèce.

Les bras désarticulés, ballant de côté, j'observais le résultat de cette reconquête à la hussarde, quand soudain un bruit de pas attira mon attention. C'était une vieille dame saucissonnée dans une gabardine écaillée. Elle me dit bonjour, laissa d'abord son regard s'imprégner du triste spectacle de l'aménagement du nouvel ordre, comme si elle voulait partager le constat que je venais de faire.

« Tu me reconnais ? » interrogea-t-elle d'une voix à peine audible.

Je dépoussiérai un peu mes souvenirs pour retrouver sa trace. Le décalage horaire altérait ma lucidité. Comme aucune image ne me revenait, elle s'identifia. C'était une ancienne voisine de cabane qu'on appelait la Carpe, une vraie Pépite, qui ne parlait jamais même pour ne rien dire – tout le contraire de la Chauve-sourire. Elle remua les lèvres et me demanda :

« Qu'es-tu revenu chercher ici-bas, toi qui avais choisi de quitter ton monde pour longtemps ? T'es-tu posé cette question ?

– La baraque de mes parents ! répondis-je, tout retourné. Où est-elle ? Où sont-ils ? »

Elle fit quelques pas en direction des berges du fleuve dompté, laissa ses pensées vaguer sur les eaux régularisées avant de marmotter :

« C'est fini, il n'y a plus de baraques, ni de forêt, plus rien, comme tu vois... Et tu le sais mieux que moi, car je sais d'où tu reviens.

– Et mes parents ? m'écriai-je, mort d'inquiétude.

– Ta mère habite un bâtiment en dur, un hangar à vieillards...

– Et mon père ?

– Ton père est parti à mobylette au Paradis. Il n'a pas eu la force de t'attendre. Il l'a beaucoup regretté. C'était un homme magnifique, le dernier ; il n'en existe plus de cette race, aujourd'hui. »

À ces mots un hêtre tronçonné s'effondra en moi d'un seul bloc. Le choc ouvrit une large entaille dans mon cœur. L'onde de choc me piqueta la gorge, descendit dans mes artères pour se propager dans toutes les particules de mon corps, et fila se lover sous la plante de mes pieds, parmi mon rhizome généalogique.

Le temps que la nouvelle fasse en moi le tour de toutes les boîtes aux lettres, je demeurai muet devant la vieille Carpe, fermant les yeux comme à chaque fois qu'il me fallait suspendre le temps. Un projectionniste lança un film en noir et blanc. Je vis mon papa, le dos voûté, ses feuilles de papier-journal plaquées contre sa poitrine, les mains crevassées par le dur labeur dans la forêt, accélérant comme un affranchi, puis lancé en roue libre vers l'infini, le visage au repos, décochant de grands coups de pieds à tous les maux qu'il avait cachés sous la taie de son cœur, au long de sa vie de bûcheur.

« Je me souviens du jour où il t'avait battu, dans le Parc aux Cages dorées, pour une histoire de ballon ; j'étais là, dit la Carpe.

– Je ne me rappelle pas t'avoir vue, reconnus-je, penaud.

– Pourtant, c'est là que je suis sortie pour la première fois de mon mutisme », précisa-t-elle en souriant mystérieusement.

D'autres anciens de la forêt, alertés par les bruits de couloir et de trottoir, vinrent à ma rencontre à l'emplacement où s'élevait jadis ma baraque. C'était leur point de raccord avec le passé qui leur avait glissé entre les doigts. Cinq, dix, vingt, bientôt une centaine, puis deux cents personnes, nostalgiques des temps anciens, formèrent groupe autour de moi, attendant un signal, l'indice d'une direction. Ou tout simplement des mots. Tous avaient vécu avec amertume et déception cette grande inondation dont ils ne se remettraient pas. Matraqués à coups de slogans, ils avaient cru que la modernité était un autre monde possible pour eux, avec une place au soleil pour chacun, un havre d'hospitalité. Ils avaient imaginé la Gaule d'après comme on le leur avait demandé, et maintenant ils la voyaient de près.

« On nous a trompés, pleura un éléphant.

– Oh oui, bien bananés, renchérit un singe.

– Je dirai même carottés, vociféra un lièvre.

– Quant à moi, je suis outrée », ne put s'empêcher de glisser une loutre.

Naïfs, ils n'avaient rien vu venir, parce qu'ils n'avaient pas l'esprit tourné aux vices des politiques. Les récriminations s'enchevêtraient les unes aux autres dans un beau galimatias. L'un disait que la ville avait neutralisé toutes les odeurs d'avant, y compris celle des fruits et légumes ; l'autre, que les nouveaux enfants paniquaient à présent devant araignées, fourmis et souris ; un autre, que les Pépins s'étaient emparés de la cité et faisaient régner la terreur, surtout auprès des personnes âgées qu'ils détroussaient sans pitié ; un autre, que le métropolitain et les ascenseurs avaient tué la convivialité, que plus personne ne supportait la présence des autres.

Cet embrouillamini me vidait les batteries. Je demandai que chacun parle à son tour.

Un perroquet bavard répéta trois fois le mot solitude, jusqu'à ce que la vieille carpe lui cloue le bec ;

un chien à queue basse maugréa que cette vie ne convenait même plus aux siens ;

un chef de famille d'oiseaux migrateurs se plaignit des contrôles d'identité et de la police des frontières dont ils étaient victimes dans le grand bleu ;

son fils fit remarquer qu'il y avait même des polices de l'air, maintenant ;

une mésange évoqua même avec effroi une police des caractères,

un épagneul breton immigré de l'intérieur, arborant des boucles d'oreilles de jeune kakou, objecta que lui non plus n'échappait pas au délit de sale gueule alors qu'il avait le croc blanc,

un setter irlandais abonda dans le même sens,

puis vint le tour de deux pigeons voyageurs qui déplorèrent les tracasseries de la police de l'air qui exigeait des papiers en plein ciel à chaque sortie de nuage.

En bas comme en haut, des barrages avaient été érigés dans tous les interstices pour débusquer le moindre aléa qui eût perturbé l'organisation programmée du Nouvel Ordre.

Aléa : le mot avait du reste traumatisé un jeune héron lorsque, à l'occasion d'un contrôle inopiné, un flic lui avait lancé : « Avant, tu n'étais qu'un échassier ; maintenant, tu es un aléa ! »

L'attaque verbale l'avait pétrifié, à tel point qu'il n'aspirait plus qu'à mettre les voiles vers ailleurs. Il avait entendu parler de Californie et ce mot résonnait bien dans sa boîte à rêves.

Un pragmatique humaniste et barbu déclara qu'aux frontons des édifices de la République on pouvait désormais effacer le mot « fraternité », tant il avait été vidé de sa substance par les requins au pouvoir. Il ajouta que toute sa vie durant il avait été un idéaliste sans illusions, mais que les politiques étaient devenus des illusionnistes cyniques et que l'arrivée de ces bourricots en costume croisé marquait la fin des haricots. Le jeune héron ajouta que, pendant qu'on y était, on pouvait aussi rayer le mot « égalité », car en matière de traitement inégal, il en connaissait un rayon, du fait de sa couleur cendrée.

La critique du Nouvel Ordre allait bon train. Les habitants pleurnichaient, chacun déversait sa complainte ou son couplet acide. Un écrivain affirma que, désormais, écrire était vain ; les habitants ne lisaient plus, ils élisaient, c'est tout ce qu'on leur demandait : d'aller aux urnes-citoyens quand on le leur commandait, puis de retourner dans leurs cages à poules avant le couvre-feu. Il prétendit que les gens d'image avaient eu raison des gens de plume.

C'est alors qu'un gaillard colossal, chauve mais très velu, le nez coiffé de grosses lunettes, fit son entrée dans le décor. C'était un Sorciologue de Marseille – ainsi se présenta-t-il. Noir de peau. Il avait débarqué là en même temps que la mer avait été importée par les architectes, voyageant gratis en surfant sur les courants remontants. Il tenait à effectuer régulièrement des synthèses de toutes les réactions animales, ce qui de prime abord ne manqua pas de m'horripiler. Il s'appelait Laurent Outan, portait fort bien son patronyme et faisait des études d'impact sur la nouvelle organisation imposée aux habitants des forêts, qu'il nommait la Satiété de consommation, ou encore XXL. Il était du reste occupé à rédiger sur ce thème une thèse que, bien sûr, personne ne lirait, il en était conscient, mais il n'en avait cure puisqu'il se disait producteur de sens, une espèce en voie d'extinction.

Il avait en permanence dans le coffre de sa voiture et chez lui des réserves de sens qu'il jugeait pour son plus grand bonheur inépuisables. Lui au moins, pensait-il, allait échapper à la grande inondation. La culture était son antidote, et partout où il allait en ville, il tentait de sauver des vies en y convainquant les citoyens d'adhérer à sa joie de lire.

Sa thèse était fermement étayée, richement nourrie d'observations de terrain et d'interviews de cobayes à deux pattes. Les habitants se trouvaient confrontés à un nouveau type de Pépin, un mastodonte comme jamais on n'en avait connu auparavant, élaboré dans les plus puissants labos de recherche américains. Le savant reconnaissait d'ailleurs qu'il en avait été la première victime, puisqu'il avait lui-même triplé de poids en quelques années et éprouvait de lourdes difficultés à formuler des théories, de nouveaux concepts, tant son cerveau était claquemuré dans des graisses sclérosantes.

Selon lui, nous n'étions plus à l'époque léonine de « l'impérialisme, stade suprême du Pépin », puisque l'expansion strictement géographique de ce dernier était rendue périlleuse par l'insécurité, le terrorisme, l'instabilité politique caractérisant les forêts en développement. Non, la machine avait exploré avec succès, ces dernières années, une nouvelle ressource qui coulait de source : l'élargissement des frontières du corps humain. Elle se basait sur une idée simple : distendre les capacités d'ingestion, de digestion, d'absorption de l'homme afin de repousser ses limites physiques jusqu'à explosion du sujet. L'obésité était donc apparemment la nouvelle forme du stade ultime de l'impérialisme des Pépins. Astuce machiavélique, équation du premier degré : accroître le taux d'albumine pour enrayer la baisse tendancielle du taux de profit.

Chaque Unité de Population, le Persolitaire, était conçue comme un champ à conquérir de l'intérieur par son talon d'Achille : son estomac, et par une addiction : l'insatiabilité. Il y avait du Homère dans ce cheval de Troie des temps modernes qui ouvrait de nouvelles voies à l'exploration du matérialisme tant historique que dialectique et diabétique !

« Putain, ça me fait super flipper, lâcha le héron cendré en se grattant la jambe.

– Continuez, dis-je, je veux comprendre ce qui s'est passé. »

Ce Laurent Outan était une bête à penser. Il associait l'obésité et la surcharge pondérale à la frénésie de consommation d'objets qui s'était emparée des Persolitaires : maisons de plus en plus vastes, téléviseurs de plus en plus géants, voitures de plus en plus cylindrées, tels les Hummers, ces véhicules de guerre urbanisés qui avaient proliféré pour satisfaire une clientèle parano, mégalo, mili-tarée... Le Persolitaire était pris dans un cercle vicieux ceint de barbelés.

Partout, dans la ville, comme le contenant s'évasait, il avait la garantie de pouvoir caser son corps obèse et de continuer ainsi à s'élargir jusqu'à l'ultime limite d'élasticité de sa peau. Pour, un jour, certainement s'envoler comme les ballons du Parc aux Cages dorées.

XXL avait trouvé un agent redoutablement efficace pour assurer sa rentabilité : le sucre. Non pas les carrés de sucre que ma mère calait autrefois dans du pain pour mon quatre-heures, mais un autre, un clandestin qui s'infiltrait insidieusement par les pores du Persolitaire. En séduisant les enfants dès la naissance, XXL avait inventé l'élixir de sa pérennité. Jusqu'à la fin de leur existence, intoxiqués, les gens n'allaient jamais plus cesser de vouloir combler un creux.

« J'ai trouvé un nouveau nom pour désigner les gens, dit le savant de Marseille : des *stomobiles*, contraction d'estomac et de mobile. »

Une chaîne de restaurants au nom stimulant « All you can eat ! » – en français : Tout ce que vous pouvez bâfrer ! – avait été inaugurée spécialement pour eux, et son succès avait dépassé toutes les prévisions dès le top de départ. Pour une modique somme, ses concepteurs proposaient astucieusement à tous les gros ventres et à toutes les poches trouées que comptait la ville, d'absorber autant d'aliments que leur corps pouvait en ingérer. « En avoir pour son argent », telle était leur devise. Chaque jour, les gens quittaient leurs cellules et se dandinaient, jambes raidies par les couches de lard, vers leur ravitaillement, l'estomac frottant le bitume avec un bruit de sandales en caoutchouc : éléphants, rhinocéros, baleines, veaux, vaches, cochons, tous étaient là à faire la queue devant les tablées dégoulinant de lipides, glucides, lactoses et fructoses multicolores et fluorescents.

Malheureusement, les anciens de la forêt avaient été les premières cibles et les victimes de ces hameçons. Les jeunes s'étaient laissé berner par les leurres. Ils avaient pris l'habitude de se remplir la panse, de faire le plein, comme des réservoirs d'automobiles, incapables d'opposer la moindre résistance à XXL qui taquinait en permanence leur olfaction pour ouvrir mécaniquement leur estomac comme des coffres. Dans tous les lieux publics de la ville, les appels à la becquetance étaient comme autant d'appels à la prière, les enceintes d'aéroports en particulier, mais, en général, tous lieux où il y avait du temps à perdre, de l'attente, car XXL cherchait à combler les vides avec du solide, du concret, du consistant. Sucré, par-dessus le marché.

À tel point que dans le langage amoureux, les amants anglophones s'appelaient désormais « Sweety », parfois « Honey » (miel) et n'en finissaient plus de se pourlécher l'un l'autre sur les bancs publics. Pour leur voyage de noces, une lune de commande déversait son miel sur leur première nuit d'amour. Un champion de boxe poids-lourd s'était même fait appeler Sugar.

« Tout cela est vrai », confirma un Albatros qui voyageait beaucoup en hydravion depuis qu'un requin lui avait happé un bout d'aile au-dessus du soi-disant Pacifique.

Bel oiseau célébré par les poètes de tous les temps, il se fraya passage dans la foule pour arriver jusqu'à moi.

« ... Cette société a horreur du creux. À l'aéroport, vous attendez le départ de votre vol, vous devez meubler un temps mort, une annonce vous balance aussitôt : pourquoi ne pas avaler quelque chose ? C'est affreux ! »

Il croisa les ailes devant ses yeux pour cacher son trouble. Lui aussi profita de son temps de parole pour se plaindre des nouveaux check-points que les requins devenus complètement marteaux avaient installés dans les couloirs aériens, à l'entrée et à la sortie des nuages, afin de contrôler la pureté de l'identité nationale. Il avait entendu un politique soutenir à la télévision l'idée que les cafards pouvaient désormais envahir le pays par la voie des airs, ce qui n'avait pas manqué d'effrayer l'auditoire.

Une oie embraya pour alimenter la critique. En matière de gavage, elle avait des décennies d'expérience pour nourrir la discussion, si elle pouvait se permettre ce jeu de mots. Elle en avait gros sur le foie. Elle affirma que les gens s'ennuyaient tellement, dans les Cages dorées, que manger les aidait à tuer le temps et à narguer la Camarde. C'était donc l'ennui qui appelait le sucre.

« Il est plus facile d'user de ses mâchoires que de son cerveau », intervint Kamel, jeune chameau du désert ruminant sa colère. Lui aussi en connaissait un bout en matière de mastication.

Le Sorciologue sourit et reprit le fil de sa réflexion qui avait vrillé. Depuis longtemps l'occasion d'élaborer avec des gens du peuple une critique constructive de ce nouveau monde ne s'était pas présentée à lui avec autant de spontanéité. Il voulait surfer sur la vague, faire de la recherche-action, changer ce monde de déraison. Il se tourna vers moi et, sur un ton professoral, proposa une synthèse :

« Kamel, tout comme l'Oie, a raison. Se gaver est devenu la réponse à l'ennui et non plus à la faim qui n'est plus qu'un aspect annexe. L'appétit vient en mangeant, dit la XXL. Or rien de plus pernicieux... Faudrait redécouvrir les vertus du jeûne ! »

Le perroquet interrompit le synthétiseur pour placer un mot. Il tenait à tout prix à dire qu'un jour, entrant dans une pharmacie pour acheter de l'aspirine par suite d'un mal de huppe, il s'était retrouvé devant des dizaines de produits différents qui emplissaient les rayons. Soudain, face à cette avalanche de marques censées remédier au mal de tête, alors que le sien était des plus banals, il avait été pris d'un vertige. Il en avait eu les ailes coupées. Résultat : une opération de chirurgie esthétique. Un comble !

« Bravo, se moqua la carpe. Tu as réussi à placer ton grain de sel. On s'en fiche, de tes vertiges et de tes ailes refaites... On peut continuer à parler sérieusement, maintenant ? »

Le Sorciologue trouva au contraire le perroquet sensé et insista sur la notion de vertige social.

« Les gens ont été transformés en moutons ! » conclut un bouc émissaire qui exhalait une terrible odeur de suint. Il y avait fort longtemps qu'il n'était pas passé à la tonte.

« Un ancien Prédisant de la Gaule l'a dit bien avant : les Francs sont des veaux ! rappela une Charolaise. Ce qui n'était du reste pas très flatteur pour mon peuple. »

Le savant acquiesça de nouveau. XXL avait méthodiquement colonisé l'accès aux antennes sensorielles des habitants, plaçant des collets devant leurs yeux et leurs oreilles, et le piège avait parfaitement fonctionné. L'implantation d'écrans de télévision s'était faite méthodiquement dans les abribus, les aéroports, les gares, les salles d'attente, sur les téléphones mobiles, partout où le Persolitaire avait du temps disponible. Les anciens de la forêt n'avaient pas résisté à ce gavage permanent.

Cette entreprise d'aliénation olfactive, auditive et visuelle avait eu pour effet d'empêcher le Persolitaire de penser et réfléchir. Elle avait rongé son sens critique. XXL lui promettait d'être dans le bain avec tous les autres, et plus jamais seul au monde. Elle lui offrait l'intégration à crédit. Il avait signé sans discuter. Accro à la saccharine, accro à la voiture et au drive-in, accro à l'écran jusque dans les toilettes de la maison, la Satiété de consommation lui offrait tout ce dont on n'a pas besoin pour vivre.

Elle avait aussi conçu une tuyauterie spécialisée pour proposer ses services en temps réel et en flux tendu.

Sous l'avalanche d'informations, j'étais pris à mon tour dans un tourbillon vertigineux, comme l'ara aux ailes coupées. Au milieu d'un carrefour, au fur et à mesure que le Sorciologue de la Cannebière développait sa théorie globale, des moutons par troupeaux entiers sortaient de leurs bergeries dorées et faisaient bloc autour de nous,

des habitants émergeaient des tanières où ils s'étaient fait tanner,

des granges où on les avait grugés,
des étables où ils avaient été attablés,
des marges où ils étaient marginalisés,
des parcs où ils étaient parqués,
des zones où ils zonaient,

le buste droit, les épaules rejetées en arrière, comme s'ils venaient rechercher la dignité qu'ils avaient perdue dans la grande illusion. La pieuvre qui leur avait tendu ses tentacules toxiques ne leur faisait plus peur, ils exigeaient des changements, un remède de cheval ; certains, affamés de justice, demandaient du blé, carrément, sur le champ, mais, hélas pour eux, la saison des révolutions n'était pas encore advenue, les prochaines récoltes électives ne se feraient que dans quelques années. Il fallait patienter. Résister et, pour cela, ré-exister.

Un homme d'une forte émotivité se dressa pour dire, pleurant de joie ou de peine, on ne savait, qu'on n'avait même plus le droit de se dire bonjour, dans cette société de la méfiance, sans autorisation préalable du destinataire. Toute intrusion inopinée dans la sphère auditive d'un citoyen était prohibée par un article de loi.

C'en était trop. Mal à l'aise, je réclamai le silence. Depuis un moment déjà, j'avais remarqué qu'autour de l'attroupement, des cars de la police de l'Identité nationale s'étaient discrètement garés en position latérale de sécurité.

La Carpe en profita pour dire que j'avais raison de réclamer le silence, car le Persolitaire, à son insu, était aussi devenu accro au bruit. Tout comme les Pépins abhorraient les sourires, XXL haïssait le silence : c'était son ennemi juré. Dans les grands centres de consommation, elle appelait « musique d'ambiance » un brouhaha épuisant destiné à inciter les consommateurs à se laisser aller au rythme pour mieux mettre la main au portefeuille. N'être pas dans le mouv' était considéré comme une tare désocialisante pour le Persolitaire.

Des témoins voulurent surenchérir, mais, malgré l'intérêt de ces débats, je redemandai néanmoins à la foule de se taire pour en revenir à ma propre galère : au terme d'un long voyage, j'étais revenu plein d'usage et raison vivre entre mes parents le reste de mon âge...

« Qu'on me conduise à ma mère ! lançai-je. C'est là mon vœu le plus ardent. Entre la justice et ma mère, je préfère encore ma mère ! »

Malgré les manifestants massés sur ma gauche qui marquèrent une certaine réticence à entendre mon embarrassante déclaration – sans doute leur en rappelait-elle une autre –, à mon vif étonnement on m'acclama : les gens étaient fiers de moi. Et c'est alors que la magie fit son effet. Soudain, je fis un *dream* face à cette foule bigarrée, des mots formèrent des phrases qui se firent la belle hors de ma bouche, je me muai en tribun. Je dis que trop longtemps les gens avaient dissimulé leur véritable identité pour être admis par le nouveau monde, qu'ils avaient renoncé à leurs origines forestières, laissé les serpents faire leur lit dans leur naïveté, et que le renoncement de soi était inacceptable,

je dis qu'il était temps de combattre ces requins qui n'hésitaient pas à diviser les gens et à attiser la haine de l'Autre pour assouvir leur soif de pouvoir,

je dis que dans un système démocratique, la fin ne pouvait justifier tous les moyens,

je dis que la prolifération de la télévision était responsable de cette tromperie éléphantesque qui avait bafoué la dignité des citoyens : ce n'étaient pas eux qui la regardaient, mais elle qui les avait à l'œil,

je dis que la culture dite de la communication était une clause de style pour masquer une société générale de surveillance,

je dis qu'il fallait forer de nouvelles nappes pour retrouver du sens et des énergies inédites,

je dis que la diversité des sources d'approvisionnement était la source même de la diversité !

Les acclamations allèrent crescendo et me galvanisaient malgré moi. J'avais mis de l'emphase dans la dernière formule qui avait échoué sur mes lèvres au moment même où ma source d'idées s'était tarie comme un bouquet de feu d'artifice. Elle ne voulait rien dire, mais elle sonnait bien, aussi le peuple adhéra-t-il comme un seul homme à mon slogan écologique.

« Yaeh ! criait-on çà et là comme pour scander un gospel à Harlem. Encore ! »

On me remercia à plusieurs reprises d'être revenu et d'avoir su trouver les mots qu'il fallait pour toucher le cœur de la communauté. On m'embrassa fraternellement.

« Oui à la diversité ! » scandaient des manifestants.

« Liberté, égalité, fraternité, diversité ! » reprit un isolé en riant.

Le mot diversité crépitait dans les airs comme un tir de fantasia, un baroud d'honneur. Avec lui chacun avait l'impression d'avoir un titre de reconnaissance au sein de la société, de disposer d'une chaise pour en être.

« C'est toi qui dois être notre Prédisant, maintenant », imagina une isolée.

Certes, pensai-je, mais en attendant la prochaine prédiction, c'est ma mère que je veux retrouver.

La Carpe me serra le bras, le savant de Marseille, tout sourire, me prit l'autre. Kamel, le Perroquet, l'Albatros, l'Éléphant trompé, le Lapin carotté, les Buses abusées, les Loutres outrées, les Singes bananés, la foule des damnés avança droit devant, portée par une vague dont la spontanéité ne convaincrait aucun historien des temps à venir.

Nous marchions par les rues de la ville nouvelle, au long des avenues et des cours, négligeant les trottoirs, traversant des zones spécialisées dans toutes sortes de fonctions – Piétonnes, Commerciales, de Stationnement, Vertes, Bleues, à Urbaniser en Priorité, d'Aménagement Concerté... –, galvanisés mais n'en suscitant pas moins la colère des chauffeurs de voitures, de camions et de bus qui se trouvaient bloqués dans leurs artères à sens unique.

De mauvaise humeur, un conducteur de Hummer sortit sa tête de chimpanzé de sa portière et m'invectiva, l'œil torve :

« Tu vois pas que t'es à contresens, espèce de canard ? »

Sa bouche était purulente de haine, remplie de cloques d'ortie comme celles qui avaient un jour recouvert la trogne de la Chauve-souris. J'aurais bien aimé lui rétorquer qu'en 1600 Galilée aussi était à contresens du troupeau, et qu'on connaissait le résultat de son opiniâtreté, mais la Carpe, qui marchait sur mes pas, me conseilla de rester coi. Ce que je fis. De toute façon, contresens ou pas, il n'y avait plus de Plan de Circulation ni de Plan de Déplacements Urbains qui comptait. Un vif sentiment de liberté flottait au-dessus de la Marche. Fini, les sens interdits, obligatoires, uniques, giratoires, conçus pour téléguider les moutons et les conduisant inéluctablement vers les hachoirs où ils finissaient en panne de sens.

Un second chauffeur à tête de bouledogue trouva un autre angle d'aboiement :

« Et les trottoirs, ils sont faits pour les chiens ? »

Cette fois, ce sont les représentants de la communauté canine autour de moi qui me suggérèrent de ne point répliquer à la provocation. Non, les trottoirs n'étaient pas du tout faits pour les chiens. Certes, des grues les arpentaient, la nuit, illégalement, jouant de leurs charmes comme d'un lasso, mais ils n'étaient pas faits pour eux, ça non.

Ces chauffeurs cracheurs de venin n'étaient rien d'autre que des provocateurs du Nouvel Ordre chargés de semer embûches et discordes parmi notre formation.

Quelques instants plus tard, les menaces se firent plus explicites lorsque des policiers en civil larguèrent des hordes de hérissons et d'oursins sur notre chemin. Dans notre colonne, de rusés renards suggérèrent d'éviter poliment de marcher sur les épineux ou de les humilier. Tant et si bien que ceux-ci, touchés par cet appel à la fraternité, se révoltèrent contre leur sort, brisèrent leurs chaînes, rallièrent notre défilé hétéroclite, mettant à notre service leurs piques contre les nouveaux Tyranosaures.

Passé l'angle d'une rue, nous traversâmes un endroit bordé d'immeubles qui n'en finissaient pas de flirter avec le ciel et où je remarquai des ombres qui faisaient le pied de grue. Des hérons, par centaines. Tous avaient une patte repliée derrière eux, la chaussure posée à plat contre une façade, sans doute pour éviter sa chute, et ne scrutaient aucun horizon, excepté celui des carcasses de Hummers incendiés qui formaient un musée d'art moderne non loin devant eux.

Mon regard se porta un instant sur ces habitants de l'ombre. Ils se tenaient parfaitement raides, impavides. De temps en temps, je voyais un bras se hisser vers un visage, un nuage de fumée sortir d'une bouche, et je comprenais qu'ils fulminaient, ou peut-être fumaient, tout simplement. M'ayant vu captivé par ce parc de Hérons sauvages, le savant de Marseille s'approcha de moi avec sa lampe :

« Ce sont des ZUS, me dit-il. Hôtes des Zones Urbaines Sensibles. Les oiseaux sauvageons font du rodéo toute la journée et brûlent des Odyssées...

– Des Odyssées ? m'étonnai-je, pensant à un autodafé.

– Oui, des Audi C, des bolides à six cylindres en V : c'est la mode en ce moment, va savoir pourquoi ils ont remplacé les Hummers. »

Le scientifique esquissa un rictus. Je ne connaissais pas les Audi C, mais je constatais que, paradoxalement, ces hérons restaient immobiles malgré le monde de l'automobilité à l'ombre duquel ils vivaient. Plus la terre autour d'eux tournait vite, plus ils devaient ressentir les frustrations de l'assignation à résidence. Ils se terraient.

« Ces Zones Sensibles doivent être propices à l'autodestruction, dis-je en humant l'odeur de pneu brûlé des Hummers.

– En effet, c'est une vrai casse... Ces gens ont été parqués ici comme des bestiaux, poursuivit le Sorciologue. Le Prédisant du Nouvel Ordre a même révélé au peuple, dans une intervention télévisée, qu'ils égorgeaient des moutons dans les baignoires-sabots de leurs cages à poules, ce qui n'a évidemment pas amélioré leur image.

– Récemment, on dit qu'ils ont même capturé une vache et l'ont enfermée dans une cave où ils l'ont lacérée de coups de couteaux jusqu'à la saigner à mort, renchérit un marcheur anonyme. Qui peut croire à une mutilation pareille ?

– C'était ma cousine, s'effondra la Charolaise qui écoutait la conversation. Quelle horrible fin ! »

Elle se plaignit que partout les Hérons taguaient sur les murs un slogan meurtrier : « Mort aux vaches ! », et que cela la rendait folle parano. Elle se mit à sangloter de plus belle en demandant le pourquoi de tant de haine envers les bovins, puis, décomplexée, elle écarta les pattes arrière et pissa à gros débit sur la chaussée. Des chiens vinrent jauger du museau le degré d'acidité de la plaque, puis reprirent place dans notre cortège.

Abasourdi par l'histoire de la vache éviscérée, un poulet de Bresse recouvra ses esprits et tint à nuancer le chagrin de la Charolaise en faisant remarquer que les Poulets étaient eux aussi dans la ligne de mire des Hérons, et la cible de leur exécration. Les dangers d'une communautarisation des problèmes sociaux étaient patents. Il tenait simplement à attirer l'attention de tous sur cette dérive avant de s'en retourner à sa méditation.

Je me grattai le menton. Les policiers encadraient toujours le mouvement latéralement, mains caressant leurs armes. La zone avait vraiment l'air d'être ultra sensible. J'appris même que les Hérons teneurs de murs se payaient des émeutes de chiens, de temps à autre, ou bien déferlaient comme une horde de loups sur la ville pour mettre à mal la tranquillité des braves gens et celle des animaux domestiqués, et que ces violences avaient grandement influencé le résultat des dernières consultations nationales.

Notre Sorciologue proposa de nous éloigner : il avait des craintes, déjà quelques Hérons avaient dévissé leur cou dans notre direction.

« Les jeunes n'aiment pas qu'on les mate comme s'ils étaient parqués dans un zoo ! »

Je comprenais si bien ! J'eus à ce moment une pensée pour mon père et notre visite au Parc des Cages dorées de mon enfance, qui m'avait tant bouleversé. Contrairement à moi, ces jeunes des ZUS n'avaient pas de phare d'Ouessant leur permettant de rester dans les rails et d'éviter récifs, requins et Pépins. Ils n'avaient pas de repères : voilà pourquoi ils se barricadent dans leur zone, me disais-je, ils savent que toutes les voies d'accès au monde extérieur sont barrées pour eux de herses, de dards et de piques.

Le savant corrobora. Il avait longuement étudié leurs comportements dériveurs ainsi que les mécanismes de leur violence déferlante ; certains avaient même accepté d'être ses cobayes et de répondre à ses questions, ce qui attestait qu'ils n'étaient pas si ensauvagés que cela. D'ailleurs, une belle surprise nous attendait, quelques dizaines d'arpents plus loin. En effet, une agitation s'était fait sentir en queue de cortège, pour s'amplifier progressivement et remonter jusqu'à moi. Un groupe se fraya passage à travers la colonne que nous formions : c'étaient des Hérons qui, par dizaines, avaient décidé de se mêler à la Marche.

« C'est où que vous allez ? demanda celui qui semblait être le leader, dans un français en bouillie. Teuf ou rêve parti ? Parce que le rêve parti, nous, on suit pas... C'est pas pour nous, c'est pour les bobos et les babas de la techno... »

Le Sorciologue me fit un clin d'œil, ayant deviné mon désarroi face à ce lexique inconnu. Il se retourna vers le gai Héron :

« On va chercher une mère, répondit-il laconiquement.

– La mer ? s'extasia l'autre.

– Oui, elle est sur le point de repartir », dis-je, sentant déjà une marée de larmes monter à mes yeux.

La Carpe, qui m'avait vu grandir en forêt, perçut l'humidité dans l'air et me tendit, pour me sécher, un bout de papier buvard qu'elle avait ramassé par terre.

– Bon, mer ou pas, on va avec vous... Nous, les Marches, on connaît de père en fils, enchaîna le leader. De Martin Luther King au curé des Minguettes, ça mène pas à grand-chose, mais ça permet de voir du pays et de se détendre en même temps.

– C'est la fête de l'Humanité ! s'esclaffa le perroquet qui survolait les débats.

– Bravo, l'Ara, congratula la Carpe. Pour une fois, c'est bien trouvé ! »

Les jeunes Hérons ne comprenaient rien à la grammaire d'outre-périph', ils étaient formés à la langue texto qui fait fi de tout type d'accord et d'orthographe, mais comme leur oisiveté leur avait valu un contingent illimité de RTT, ils décidèrent de suivre le troupeau pour découvrir ce qui se tramait au bout du chapitre.

En réalité, je n'étais pas dupe, la présence musclée des policiers des frontières les excitait. Ils brûlaient d'envie d'en découdre avec eux. Ils les caillassaient déjà des yeux.

« C'est une démarche en direction de ma mère, dis-je par anticipation, en voyant leur regard s'armer. Elle est pacifique. »

Mon avertissement n'empêcha pas plusieurs Hérons de ramasser des silex qu'ils réchauffèrent dans le creux de leurs paumes.

Soudain, pressentant le danger que représentaient ces provocations, la Carpe escalada un muret et suggéra aux marcheurs de se boucher les oreilles avec des boules de cire, dans cette passe difficile, et surtout de ne pas fixer les Pépins des yeux. Elle informa les marcheurs qu'elle avait repéré de nombreuses Taupes glissées incognito dans leurs rangs. Elle se tourna vers moi et décida que je devais être le seul, sans boules Quiès, à soutenir le regard des Requins et des identificateurs qui encadraient notre progression. Il fallait m'attacher au mât principal.

« Mais cé koi, ce délire, la vieille, on n'est pas dans un livre, et pas encore à la mer ! Et encore moins sur un bateau..., rétorqua le leader des Hérons.

– Tant mieux, lança un autre, nous, on veut pas être menés en bateau, la galère on kiffe pas !

– C'est clair, confirma un autre teneur de murs des zones d'ombre, on veut plus ramer ! »

Les bras hissés au ciel, les marcheurs crièrent de nouveau bravo à ces envolées dignes d'Homère, Grand Corps Malade, MC Solaar et Baudelaire.

La Carpe vint se ranger à mes côtés et me demanda si j'avais reçu son message métaphorique. Bien sûr, j'avais compris le rapport avec le héros grec qui m'accompagnait depuis le début de mon odyssée.

La marche se remit à marcher dans mes pas. Une partie même escaladait mes chaussures, tant la pression était forte dans les rangs.

Depuis un petit moment déjà, un sentiment de fierté me gagnait, comme si ma présence était devenue indispensable à ces marcheurs en quête de quintessence. Leur rêve envolé, ils étaient partis à sa recherche.

Ils voulaient tous rentrer à Ithaque.

Des frissons me parcoururent le corps. Sans doute aussi celui du Savant de Marseille qui, comme pris de frénésie, grimpa prestement sur le muret et demanda à la foule de lui prêter attention. Il voulait faire une petite pause comme nous longions le Mississipipi.

« S'il vous plaît... S'il vous plaît... À tous ! Je veux dire un poème...

– Chut, silence, chut..., murmura la foule.

– *Heureux qui, comme Ulysse, a fait un beau voyage,*
Ou comme cestuy-là qui conquit la Toison,
Et puis est retourné, plein d'usage et raison,
Vivre entre ses parents le reste de son âge.

Quand reverrai-je, hélas, de mon petit village
Fumer la cheminée, et en quelle saison
Reverrai-je le clos de ma pauvre maison,
Qui m'est une province, et beaucoup davantage ?

– Putain, mais c'est quoi, ce ketru ? C'est des mécas ou quoi, ces keums ? Ils ont méfu, sur La Mecque ! interrompit un Héron hagard.

– Chut, la ferme ! » le rembarra une âme poétique.

Le Héron en perdit son latin. Il pivota sur 360 degrés, en quête de son agresseur verbal.

« Cé ki l'enculé de sa race qui m'a dit la ferme ? »

Le leader Héron dut intervenir pour laisser place au poète qui attendait, un tercet en suspens.

« *Plus me plaît le séjour qu'ont bâti mes aïeux,*
Que des palais romains le front audacieux,
Plus que le marbre dur me plaît l'ardoise fine ;

Plus mon Loir gaulois que le Tibre latin,
Plus mon petit Liré que le mont Palatin,
Et plus que l'air marin la doulceur angevine... »

Des mots de bonheur fusèrent. Les marcheurs étaient en liesse, des sourires illuminaient les visages. Mal à l'aise avec la poésie, les Hérons étaient pliés de rire : ils avaient appris à se méfier des beaux sentiments qui les rendaient vulnérables aux yeux de leurs ennemis.

En rien déstabilisé, le Marseillais était fier de lui ; mieux qu'un concentré de parfum rare, la poésie savait rendre compte de l'intensité de l'instant. Il avait visé juste. Il revint à mes côtés, posa une main sur mon épaule, quand tout à coup un vieux Carolingien, semblant débarquer des temps révolus, étira à son tour sur ses lèvres un sourire de rescapé de livre d'histoire et tapota fraternellement le bras du récitant :

« Joachim du Bellay, 1522-1560. Bon choix, j'adore.

– Belle mémoire, bravo ! s'extasia le Savant.

– Il n'est pas d'époque pour la beauté, elle est de toutes les histoires. Quant à l'Histoire majuscule, je connais... Tu permets ? »

Il adressa un clin d'œil au Savant de Marseille et se fraya passage jusqu'à moi.

Des marcheurs se bousculaient, se piétinaient pour être sur la ligne de front du mouvement. Tout à coup, le vieux Carolingien vint me serrer la main.

« Bonjour, me reconnais-tu ?

– Non, admis-je. Tu sais, je...

– Tu passes à la télé ? l'interrompit naïvement le Héron bleu dénigreur de poésie.

– Je suis Pépin le Bref, je rejoins ton mouvement. Je suis un repenti de l'Histoire... Tu connais sans doute mon géniteur, Charles Martel ? »

Le Savant de Marseille, qui me flanquait sur ma gauche, réagit d'un coup :

« 732 ! Poitiers... Ah, je comprends !

– Bienvenue ! l'accueillis-je en lui tendant une main ferme. Je connais aussi ton fils, Charlemagne. C'était un homme bien, une Pépite...

– Et moi un Pépin, par tous les diables ! Au présent de l'indicatif, j'ai changé de nom et m'appelle Homard, histoire de vivre une autre histoire, si vous voyez ce que je veux dire...

– Omar ? Comme moi ! » s'extasia un membre de la tribu des Hérons, surpris de constater qu'il n'était pas le seul au monde à porter son prénom.

Pépin le Bref se noya dans ses propres larmes. Les injustices de toutes les époques le mettaient à mal. J'étais sidéré de le voir sortir d'un livre d'Histoire comme n'importe quel quidam, et débouler au milieu du populo avec ses bottes de sept lieues. Dans la tribu de la forêt où j'avais grandi, les vieux connaissaient ce Martel qui avait abattu tous les arbres à Poitiers en 732, laissant de grandes coupes claires derrière lui.

L'héritier du tronc rassembla ses esprits et poursuivit après une petite pause :

« Eh bien, puisque je t'en vois ravi,
je veux, de ton parti,
pour le restant de ma vie,
espérer faire partie.

– J'aurais aimé, rétorquai-je sur le même mode lyrique, mais il n'est point de parti pris auquel tu puisses prétendre prendre part. Nous marchons, c'est tout, avec nos convictions en bandoulière. Nous sommes libres comme nos rêves. »

Avec l'irruption de ce rescapé de la grande Histoire, je sentais que notre marche prenait un tour épique et que son envergure devenait de moins en moins maîtrisable. La foule, à l'affût du moindre mot que je prononçais, reprit en chœur le mot *libre* et le psalmodia à tue-tête.

« *Free at last, we are free at last !* entendais-je de tous côtés comme une clameur montant vers ma bonne étoile. Nous sommes libres !

– Yes oui canne ! » balança même un caneton en claquant des palmes comme Fred Astaire.

Dans le ciel, des milliers de volatiles migrateurs jouaient à la patrouille de France en faisant du rase-mottes au-dessus de nos têtes, commandés par un albatros, vaste oiseau des mers.

Le leader des Hérons qui avait écouté, ébahi, les rimes du fils de Charles Martel, s'approcha de lui, impressionné par sa maîtrise du rythme et de la langue. Tout frémissant, il lui glissa :

« Tu connais aussi M.C. Solaar ?

– Diantre, que oui ! Et Manu Chao, et Ridan... »

Le Héron leader laissa errer son regard autour de lui pour marquer sa stupeur et trouver des témoins à cette rocambolesque histoire.

« Mais cé 1 ketru de ouf ! » lâcha-t-il avant de s'esbaudir.

Sur quoi, les policiers de l'Identité Nationale qui surveillaient la progression de la Marche plaquèrent comme un seul homme leurs bras en croix sur leur visage pour éviter d'être blessés par les éclats de rire du Héron.

La Marche poursuivait sa progression envers et contre tout. Aux balcons, pour la saluer, des habitants arboraient les étoffes les plus métissées en guise de drapeaux. La Satiété de consommation connaissait sa première Jacquerie, partie du plus bas. Tous avaient pris conscience de la force d'être ensemble, dans la fraternité d'une foule marchant main dans la main.

Ma mère habitait une cage dorée pour vieux, construite en dur, avec interphone et caméra de surveillance, pas très loin de la ZUS, cette zone cafardeuse. Aucun risque de voir une crue emporter sa nouvelle demeure comme celle qui, jadis, avait entraîné notre baraque à l'autre bout du Mississipipi. Elle partageait son infortune avec plusieurs femmes dans son état que leurs bras, leurs jambes, leurs yeux et leur tête rendaient dépendantes de la Nouvelle Société.

Escorté de plusieurs milliers de personnes, anciens de la forêt, gens de la ville, chercheurs et distilleurs de sens, rescapés de l'Histoire, galériens des temps modernes, teneurs de murs, curieux, poètes et rappeurs, j'entrai dans la « résidence », le ventre noué. Un hangar pour stockage de gens en partance. Autour d'une large table, des vieilles avaient laissé retomber leurs têtes grises dans des bols de soupe refroidie et tentaient péniblement de hisser la cuillère jusqu'à leur bouche ravinée. Elles portaient toutes les mêmes robes de lainage du même gris que leur chevelure et leur peau.

Je cherchai ma mère parmi elles. Il paraissait incongru de vouloir demander une information à toutes ces vieilles, tant elles semblaient déjà loin de tout.

Dans mon dos, des anciens de la forêt me susurraient d'une voix chevrotante : « N'y va pas, n'y va pas, elle a perdu la tête ». Un autre savait que ma mère n'avait plus de mémoire, qu'elle ne me reconnaîtrait donc pas. La Carpe, qui me serrait de près, sortit pour la énième fois de son silence pour me livrer une vérité qu'elle avait voulu me cacher jusque-là :

« Écoute, petit, ta mère a basculé dans la folie. Lâche le fil, sinon tu vas vers une mort certaine... »

Elle était venue la voir, lors de son dépôt dans ce hangar, mais ma mère l'avait menacée d'une hache qu'elle dissimulait en permanence dans son dos. La même hache qu'elle utilisait jadis en forêt pour couper le petit bois et confectionner les fagots qu'elle brûlait dans le fourneau.

Maintenant la peur et elle étaient colocataires. Une voisine Chouette confirma les craintes de la carpe : elle aussi avait failli recevoir un coup de cognée, récemment, et en était sortie traumatisée, elle dont on chantait la gentillesse dans toutes les forêts du monde. La Charolaise s'approcha d'elle pour lui offrir sa compassion de tête de turque de la société.

Pépin le Bref déclara qu'on ne pouvait aller contre le sens de l'Histoire. Il avait raison, ma main se devait d'écrire la mienne, pour le meilleur comme pour le reste. J'ouvris plusieurs portes de chambres en quête de ma mère. Folle ou pas, hache ou pas hache, je tenais à la retrouver, aucune outre d'Éole ne m'en empêcherait. Des trisaïeules attendaient la fin de leur temps, gisant sur leur sommier aux ressorts cassés. Une aide-mourante m'indiqua finalement un numéro de porte où j'allais la trouver, s'il n'était pas trop tard. Du fait de la canicule qui avait récemment sévi dans le hangar, elle ne savait trop qui avait survécu à la subite et meurtrière élévation du mercure. Il faudrait plusieurs semaines pour dresser l'inventaire des stocks, on manquait de personnel.

Quand j'entrai dans la salle 2012, le choc me fit reculer : ma mère avait pris le temps en pleine face comme un obus. Sans crème de protection. Je ne la reconnaissais pas. Striée pire que celle des éléphants, sa peau ressemblait à une mer cabossée de vaguelettes de papier gaufré. Ses orbites s'étaient tournées contre les parois intérieures du crâne, tout comme ses lèvres. Elle avait séché.

Elle aussi devait avoir affrété sa mobylette, déployé ses voiles noires au bas de son lit en fer forgé.

Ma mère ! La dernière fois que je l'avais vue, elle bordait innocemment mon lit d'un drap blanc, ignorant qu'elle allait ainsi me permettre de prendre mon envol en ballon. Pour longtemps. Maintenant ses yeux ne pouvaient plus éclairer son chemin. Plus de lampe-mandarine... Voyant cette foule hétéroclite envahir ces précieux centimètres carrés qu'elle connaissait un à un, elle crut identifier des Pépins comme ceux qui l'avaient agressée, la dernière fois, en se faisant passer pour des employés du Hangar, des aide-mourants. D'un geste vif et maladroit, elle se cala le dos au mur, à l'entrée de sa chambre, et s'empara de sa hache aux reflets d'argent.

La Carpe lui adressa un avertissement strident :

« C'est ton fils ! Il est revenu te voir !

– Mon fils, ce crapaud ? elle bava, laissant trébucher ces mots contre la dent qui lui restait.

– Tu as acheté un ballon pour lui quand il était petit, tu ne te souviens pas, la vieille ? » rappela le vendeur de ballons que je n'avais pas encore remarqué parmi la foule.

Il n'avait pas vieilli du tout. Les ballons qui le maintenaient au-dessus du sol l'avaient tenu à l'abri des rides du temps.

« Pourquoi ? demanda-t-elle, le regard vide.

– Pourquoi, quoi ? questionna un Héron.

– Pourquoi il veut me voir ? cracha la vieille déglinguée.

– Parce qu'il t'aime », bêla spontanément un agneau.

Elle était dans un état complet d'abandon. Ses vêtements fuyaient en lambeaux vers les extrémités de ses membres, d'insoutenables remugles se dégageaient d'elle. En face, la foule retenait son souffle, espérant une preuve d'amour maternel qui allait remettre le sourire aux lèvres et les larmes aux yeux. Une maman pouvait-elle perdre la raison au point de tuer son seul enfant ?

Les minutes qui s'écoulaient étaient aussi angoissantes que le tintamarre des cœurs parmi la foule.

« C'est mon fils ? » balbutia-t-elle après un silence bien pesé.

Sa question n'avait aucune intonation particulière. Elle était sortie de sa bouche, froide et nue.

« Oui, confirma la Carpe. Tu n'en as eu qu'un. C'est lui. Il était parti faire un tour, il est revenu... »

La vieille brandit la hache qu'elle serrait dans sa main, la souleva à hauteur de sa poitrine et m'adressa ces mots, les destinant en même temps au peuple en haleine, dans le vertige du suspens :

« Il m'aime ?

– Oui, alléluia ! Il t'aime comme un fils ! s'écria la foule.

– Si c'est mon fils, qu'il vienne alors poser sa tête contre mon cœur. »

La foule réagit à ma place dans un bruissement de stupeur. Le silence dévala sur nous comme une avalanche.

« Non, surtout pas, c'est un piège ! assura une Antilope prête à déguerpir d'un coup de reins.

– Elle va te tordre le cou, pressentit la Girafe qui connaissait l'importance d'en avoir un bien long, droit, flexible et vigoureux.

– Elle est folle, elle va te trancher la gorge d'un coup », promit le vendeur de ballons de couleurs.

Ma mère gardait les yeux rivés sur moi comme pour me proposer un nouveau rail d'Ouessant depuis que j'avais perdu mon père. J'étais le seul à le voir. Je fis un pas en avant, puis en enchaînai un autre dans la foulée, laissant dans mon dos les clameurs contenues des marcheurs déjà persuadés d'assister à une décapitation en direct.

« Viens, toi ! » m'ordonna ma mère, haussant la position de l'arme au niveau de son épaule.

J'avançai sans hésitation aucune. Derrière moi, plus personne ne respirait, j'entendais seulement les cœurs tambouriner dans leur cage, de plus en plus fort au fur et à mesure que j'approchais de ma génitrice. Les oreilles se dressaient, les paupières étaient tendues, les bouches cousues.

À quelques centimètres, l'odeur fétide devint impossible à supporter, mais je réussis à surmonter l'épreuve. Maintenant nos yeux étaient rivés les uns aux autres. Il y avait si longtemps que je n'avais vu ma mère d'aussi près. Délicatement, je baissai la tête vers son épaule, l'image de ma bonne étoile serrée dans le creux de ma main comme un talisman. Je ne ressentais aucune angoisse. Je calai ma tête contre sa clavicule, à l'endroit de son cœur. Ma mère leva l'acier, la lame scintilla dans un rai de lumière, la foule cria à l'étouffée, des paumes se plaquèrent contre les bouches bées. Ma tête était offerte comme un bouquet à la trajectoire de la hache. À nouveau les battements de cœur de la foule accentuèrent leur roulement. Je ne bougeai plus. Ma mère tourna légèrement son visage vers le mien. Elle leva la cognée pour frapper.

Elle renifla comme une lionne. Approcha son nez de mon cou en même temps que le fer de la hache. Je n'avais toujours pas peur.

Elle renifla une seconde fois, s'abandonna un long moment aux fragrances de mon enfance, les yeux grands ouverts, puis, quand les exhalaisons dégagées eurent balayé ses brumes, elle laissa choir la hache, langea de tout son amour mon visage entre ses mains, gémissant de douleur et de bonheur mêlés, « Mon fils, tu es revenu ! Mon enfant ! », et, à peine le dernier souffle sorti de sa bouche, s'affaissa sur le sol brut de décoffrage.

La tête tomba sur la hache et la recouvrit. Je m'agenouillai pour lui offrir mon oxygène et mis mes mains derrière sa nuque – ce geste, me semblait-il, apaiserait sa nostalgie, la peine du retour. Ses yeux étaient ouverts sur le grand large, un air de sérénité s'était installé sur ses traits adoucis. Il se mit à faire très froid au creux de ses mains, derrière sa nuque, puis sur son front que je caressai du bout des lèvres. Je sentis que mon tour était venu de recouvrir son lit de mon drap blanc, j'en fis une voile, puis glissai mes doigts depuis son front sur ses paupières pour refermer les volets de sa vie.

Dehors, j'entendis le moteur d'une mobylette qui s'était mise en marche. Puis une corne de brume. La main de ma mère relâcha son étreinte et se retira comme une ombre chinoise sur un rideau ondulé.

La mobylette s'engagea sur la même voie lactée que celle que mon père avait empruntée. Je ne pus retenir mes larmes quand elle disparut dans le firmament. Les mobylettes savent où aller.

Ma mère me fit un signe de la main, esquissa un sourire pour sécher sa peine, et bientôt son image se dissipa parmi les cotillons dont les étoiles saupoudraient son sillage pour l'accueillir en leur constellation.

Une rivière s'arrêta de couler, un ruisseau de ruisseler, le Mississippi sortit à nouveau de son lit comme lors de la grande crue. Je découvrais que les mères peuvent aussi mourir alors que les enfants ont encore tant besoin d'ailes.

J'étais seul au monde. Avec pour unique balise Argos, une étoile qui m'avait demandé de lui faire confiance.

Un Ver solitaire referma la porte de la chambre 2012 et vérifia que les lumières étaient bien éteintes, les robinets fermés. Il avait une bonne tête de Pépite qui ne m'était pas étrangère. Intrigué, je lui demandai si nous nous connaissions.

« Non. Mais te voici devenu un Persolitaire, comme moi. On s'y fait tous, un de ces quatre. »

Un de ces quatre ? L'expression de mon ami Aimé le Breton me souleva un sourcil. Un de ces quatre quoi ?

voulus-je demander, mais en moins de deux le Ver solitaire fut absorbé par la foule des marcheurs qui m'avaient escorté sur le bitume.

Nul ne pipait mot. On se regardait les yeux dans les yeux, hagards. Le Sorciologue qui avait disparu depuis un bon moment réapparut au volant d'une coccinelle. Il freina devant moi, ouvrit l'aile avant sans mot dire. Je montai dans l'autovolatile. Le pare-brise était clairsemé de libellules aux ailes déployées qui remirent les gaz. La petite machine rouge à pois verts s'envola, nous emportant vers les pages suivantes.

Le leader des Hérons était consterné par le vide qui lui tombait dessus. Il lança ses bras au ciel vers la coccinelle comme pour tenter de retenir le cours du temps.

« Hé, et nous ? Tu nous as fait marcher, qu'est-ce qu'on fait maintenant ? »

Je ne pouvais répondre. Ma voix ne portait plus. Sur terre, je vis la Pépinière et les policiers de l'Identité qui dispersaient déjà avec violence les manifestations de joie, traquaient les sourires, lançaient des bombes lacrymogènes pour faire pleurer les marcheurs. Les matraques cassaient le mouvement. Les Hérissons qui avaient collaboré avec nous étaient embarqués dans des paniers à salade grillagés. Les Hérons avaient abaissé des cagoules sur leur visage et s'en retournaient tenir les murs. Des Caméléons déboulaient dans les rangs des forces de l'ordre pour proposer leur collaboration de la vingt-cinquième heure.

La Gaule ne serait plus celle d'antan, une étoile me l'avait prédit et le Prédisant y veillait. Je m'en allais aux côtés de mon ami Sorciologue, histoire de prendre du recul, mais jusqu'où me mènerait cette fuite ? Plus je monterais haut, plus rude au retour serait la chute, j'en avais bien conscience.

Perdre un parent est une amputation. Avec sa perte débute l'acceptation de la sienne propre. Le jour où ma mère est morte, j'ai baissé les bras, une grande lassitude m'a anesthésié, comme si mon corps réclamait maintenant de voir ce qui était écrit à la dernière page, pour en venir aux faits.

Le temps a passé, il a fallu m'intégrer, ce qui veut dire commencer à prévoir les événements ; alors j'ai acheté à mon tour une mobylette que j'ai garée dans la cave de mon immeuble. Chez le concessionnaire, le vendeur m'a demandé si je souhaitais l'option selle biplace ; j'ai dit non, une mono me suffirait à présent. Il m'a ensuite proposé un cadenas résistant au coupe-coupe : c'étaient d'énormes pinces de chantier que les voleurs utilisaient pour cisailler les cadenas des deux-roues et s'envoler avec. Je me voyais mal, le jour de mon grand départ, descendre à la cave et y constater le vol de ma mobylette, aussi ai-je pris l'option anti-coupe-coupe.

Depuis mon retour, j'ai trouvé une habitation en dur, comme tout le monde, un domicile fixe dans une « Zone d'habitat » blindée au béton armé. Hier j'ai même entendu parler de « Parc social » dans la bouche d'une jolie Cigale qui, ayant chanté tout l'été et n'ayant point de revenus, s'était trouvée fort dépourvue lorsque la bise fut venue. Elle cherchait dans ce « Parc social » un abri à moindres frais auprès de l'Administration, pour elle et ses enfants. L'expression m'a rappelé ce jour, aux Cages dorées, où ma conscience est sortie de son lit pour monter en ballon.

Mon quartier porte un nom prédestiné, « la Fosse aux ours », mais ce n'est pas un Parc social. Sur les trottoirs, les rumeurs circulantes disent qu'il y a longtemps, des Italiens qui avaient quitté leurs forêts piémontaises avaient échoué là, sur la rive gauche du fleuve, et gagnaient leur vie en faisant valser des ours au rythme de la danse des canards, devant un public curieux et amusé. D'autres, chaque soir, aux carrefours, s'enserraient le buste dans des chaînes, se cadenassaient, puis, de leur musculature saillante, les joues rouges gonflées à bloc, imitation Armstrong, les brisaient pour le plus grand bonheur des adolescents qui les regardaient. On jetait des pièces dans leurs bérets quand on n'avait pas les poches trouées par la poussée d'Archimède.

J'habite presque à l'endroit où se dressait la cabane de mes parents, dans la partie gagnée sur le Mississipi apprivoisé, l'ancienne plaine où il s'enfuyait, lorsque les crues saccageaient son lit. Les hêtres ont cessé de grimper au ciel, finie leur croissance. Enfant, je me demandais toujours jusqu'où irait leur ascension, si c'est moi qui fléchirais le premier. Maintenant, je sais.

Je vis là au milieu de gens venus de toutes les îles de l'archipel Monde. Il n'y a plus d'Ours dans les rues, mais des fosses, si, encore beaucoup, celles dans lesquelles les Hérons se cassent les pattes et voient se briser leurs espoirs. Comme des mouches sur la tête des moutons et le cul des vaches en été, les Pépins pullulent dans les environs et s'en donnent à cœur joie. Beaucoup se travestissent en Pépites, comme les Politiques qui restent toujours les meilleurs dans cet art d'illusion, avec les vendeurs de vent agréés par l'Administration et qui se tiennent embusqués à tous les carrefours de la Ville nouvelle.

Les gens pauvres sont crédules, ils rêvent d'une assurance-vie ou plutôt d'une vie rassurante. Au PMU, j'en vois des dizaines, leurs bouts de papier à la main, les yeux bandés à l'extrême, qui suivent les courses de chevaux sur un écran de télévision scellé dans le mur écaillé du café, espérant gagner la tierce. Ils ne prennent même pas le temps de se raser tellement ils ne pensent qu'aux derniers mètres. Leurs lèvres sont bordées d'une écume qu'ils secrètent en abondance. Quand les chevaux sont sur le point de franchir la ligne d'arrivée, ils piaffent sur le carrelage du café, hennissent, serrent la bride en même temps que leurs tickets, crachent par terre, donnent des coups de cravache, rien à faire, ils ont perdu, c'est un minable *outsider* qui l'a emporté – ils prononcent même le mot avec un parfait accent d'Epsom –, ils ont fait le mauvais pari. Alors, la mine défaite, les cavaliers du bar se rasseyent et recommandent un petit noir-calva en attendant le prochain tour de la Roue de la fortune. Dans quelques minutes, ils se relèveront, rajusteront leurs selles, leurs étriers, l'œil sur la ligne de départ pour tenter à nouveau de toucher le pactole avant de faire le grand voyage retour.

Le Pari Mutuel, c'est comme un bateau dont tout l'équipage s'appellerait Ulysse.

Un peu plus loin, à côté du bureau de tabac *Les Six Clopes*, il y a des machines à sous qui vendent des outres de vent, les mêmes que celles qu'Eole donna au fameux marin afin qu'il puisse poursuivre son périple jusqu'à retrouver Pénélope, sa gazelle... Le dieu des Vents égorgea un taureau et cousit dans sa peau toutes les sources de vents impétueux, puis la tendit à Ulysse en lui recommandant de l'attacher au pied du mât et de ne surtout jamais l'ouvrir, sous aucun prétexte. L'exilé le remercia et prit la mer. Mû par un Zéphyr chargé de le reconduire jusqu'à Ithaque, son bateau vogua dans la bonne direction, et, un beau jour, apparurent enfin les côtes de sa terre natale, si près, à portée de main. L'équipage exulte. Soudain, que se passe-t-il ? Un grain de poussière clandestin s'immisce dans l'histoire. Sous l'impulsion maléfique d'un Pépin, membre de l'équipage, les hommes se mettent à penser à ce qu'ils rapportent comme présents à leurs femmes après dix ans d'absence : pas grand-chose. Ils échangent alors des regards suspicieux et concluent que c'est Ulysse qui s'est arrogé le plus gros butin ; alors la jalousie commence à fissurer leur raison, ils piaffent sur le pont du bateau comme les cavaliers du PMU. C'est à cet instant que le Pépin émet une idée saugrenue : il exige de voir ce que contient l'outre confiée par Éole à Ulysse, car il imagine qu'elle est gonflée de richesses en or et argent trébuchants que les hommes d'équipage vont pouvoir se partager. Négligeant les avertissements de leur chef, les hommes se ruent dessus comme des voraces, l'ouvrent, et les vents forcenés s'échappent, entraînant de violentes rafales qui ramènent le navire au large, collant tous les hommes au bois du bateau. Et Ithaque s'évanouit dans la tourmente des avidités déchaînées...

Il y a quelques jours, déambulant dans la rue qui mène chez moi, j'ai découvert dans la vitrine du bureau de tabac un chèque d'au moins un mètre cinquante de long. Le patron l'avait affiché afin que tous les passants le voient de leurs propres yeux, après avoir inscrit sur toute sa largeur un chiffre avec tellement de zéros qu'il dessinait un long collier à perte de rêve, la somme qu'un vernis avait empochée la semaine précédente au Loto en achetant un ticket dans ce même bar-tabac du 17, rue de Charonne. Si un client des *Six Clopes* avait ici croisé la baraka, d'autres allaient le faire aussi... C'est Zeus qui joue avec les nerfs d'Ulysse et de ses marins. Il décide pendant une semaine de le mettre à l'épreuve en soulevant une tempête à tomber par terre qui laisse l'équipage errer sur les flots, affamé, assoiffé, en proie au délire, jusqu'à ce qu'un beau matin on aperçoive une hirondelle perchée au haut du mât. Les yeux mi-clos, Ulysse se redresse et distingue enfin sa petite terre. En vérité, ce n'est pas Ithaque, mais une autre île, celle des Lotophages, peuple qui se nourrit d'une fleur sucrée, hallucinogène : le Loto.

Le bateau amarré sur la plage, les hommes débarquent en hâte, courent puiser de l'eau, se désaltèrent, puis abattent quelques bêtes sauvages et se préparent à manger non loin du vaisseau. Une fois rassasiés, des marins partent explorer les lieux. Mais, en chemin, les bougres se lient avec des gens du cru et... goûtent au Loto. Sitôt qu'ils ont avalé ces produits locaux, ils se mettent à planer et ne rêvent plus que de s'installer chez leurs hôtes pour le restant de leurs jours. Plus question de retour à Ithaque !

Pendant ce temps, Ulysse et les autres matelots, inquiets de leur absence, partent à leur recherche et les trouvent en pleine euphorie, nus, les yeux rougis et exorbités. Un combat s'engage contre les Lotophages, plusieurs sont tués. Ulysse et ses hommes ont le plus grand mal à ramener à bord les marins accros au Loto.

L'embarcation parvient *in extremis* à s'éloigner de la côte sous la menace d'une troupe de buralistes accourus venger leurs pertes...

Le PMU, les vendeurs de vent agréés, les machines à sous, les bureaux de tabac sont des Pépinières : des maternités pour les Pépins. Dès qu'on met le pied dedans, on devient esclave de XXL. Quand mon père est parti au paradis à mobylette, il portait encore le même pantalon aux poches trouées ; il n'aimait pas les vendeurs de vent, il ne goûtait pas au Loto, et l'on peut dire que c'est grâce à ses belles valeurs forestières qu'un élégant zéphyr l'a propulsé jusque dans les étoiles et qu'il a pu atterrir sans Pépins, dépourvu d'or et décousu d'argent, au royaume des gens bien.

Je suis sûr que le Bon Dieu lui a ouvert les portes de Ses Relais et Châteaux avant même qu'il ait eu besoin de frapper.

Mais, ici, dans la Fosse aux Ours, beaucoup d'habitants veulent mordre à pleines dents dans les fruits bien mûrs, dégoulinant de miel, pour pouvoir retourner dans leur île, à Roccasecca, à Tanger, Istanbul, Constantine ou Porto, les sacoches rembourrées de richesses. Ils croient pouvoir ouvrir de force les outres de XXL. Ils rêvent. Souvent ils me font peine, mais, au fond, j'aime les voir s'activer comme des fourmis dans l'arène aux mille Sirènes. Ils peuplent la Fosse aux Ours et la font respirer.

De l'autre côté du Mississipipi reconquis, sur la rive bien à droite, des bruits de fond prétendent que la Fosse aux Ours est un quartier « chaud » regorgeant de Hérons bleus, gris, noirs, en stationnement sur une patte et qui font peur aux bonnes gens. Moi, je dirais que c'est davantage qu'un quartier chaud : il est chaleureux. D'un côté il y a la place des Arabes, des Juifs et des Arméniens, d'un autre les Africains, d'un autre encore les Asiatiques, et maintenant les Turcs et les marrons d'Inde, les derniers débarqués. Ici les odeurs de cumin, de menthe fraîche, de coriandre, de viande grillée, de canard laqué, de sauce pimentée du Taj Mahal me font repenser à ma forêt natale.

Cette planète aux couleurs du monde est aussi celle des petites boutiques. Sitôt sorti de chez moi, je débouche sur le cours et redécouvre que rien n'a bougé par rapport à la veille : la boulangerie, le pressing, le fleuriste, le PMU, la brasserie des Ours, le bureau de tabac *Les Six Clopes*, le cordonnier, l'arrêt de bus. C'est devenu pour un temps le décor de ma vie, mon cadre.

Ce matin, j'ai voulu aller sous terre pour me livrer à une expérience que j'ai échafaudée durant la nuit, dans un de ces rêves au cours desquels je devise pas mal avec Aimé, mon ancien voisin et ami breton, décédé de tristesse.

Vers huit heures, devant l'entrée de mon immeuble, je m'arrête un instant pour humer l'arrivée de l'été, ses senteurs qui font relâche sur la ville. Un coulis d'air frais glisse sur mon visage. Je lève les yeux au ciel ; le bleu est outremer, les arbres sont en tenues légères, les merles font du karaoké dans les frondaisons, un avion long-courrier trace son blanc sillage vers quelque destination inconnue, un chauffeur de bus klaxonne un automobiliste en conversation avec son voisin de palier, une vieille dame regarde son caniche lever la patte contre un platane.

Au moment où je m'apprête à pénétrer dans les couloirs du métro, j'aperçois quatre vieux anciens de la forêt, de la tribu des Chibanis, marchant par couple. Ils habitaient jadis les cabanes situées sur les berges du Mississipipi et se livraient à l'élevage de chevaux, c'étaient les meilleurs cavaliers de la région. Aujourd'hui, fagotés dans des vestes à deux sous achetées aux puces, ils se tiennent les bras noués dans le dos comme pour le retenir avant l'éboulement, et se remémorent en boucle leur vie, là-bas, dans la forêt, en clopinant sur les trottoirs du Monde nouveau. C'est troublant comme ces gens se ressemblent : mêmes taille et corpulence, barbe naissante, cheveux blancs, visages émaciés du peuple des cabanes flottantes, ils ont la même histoire, cela devrait entre eux créer des liens, me dis-je, mais non, je les regarde, ils se rapprochent les uns des autres, se croisent mais s'ignorent.

J'en suis tout retourné. Ils n'ont pas même échangé le bonjour rituel que notre culture forestière enseignait aux enfants dès le plus jeune âge. Voilà un détail qui m'a paru flagrant, ce matin : ces hommes vivent dans la nouvelle ville depuis cinquante ans, ils ont bousillé leurs mains dans les mêmes fabriques, sur les mêmes chantiers, ils parlent le même dialecte, et les voici à la retraite, se frôlant sur le trottoir, à quelques centimètres les uns des autres, et ils ne se voient plus, ne se reconnaissent plus, ils n'ont plus d'histoire à partager. Ce sont des Per-solitaires déracinés. Je me suis dit : si c'est cela, être intégré, apprendre à vivre dans sa bulle comme un Ours orphelin sur son morceau de banquise, devenir un passant inopportun, ignoré, ce n'est certes pas là un monde dans lequel je veux vivre.

Il y avait certainement quelque chose à faire pour lutter contre cet affadissement. J'ai presque failli courir vers les Chibanis, les agripper par le bras, les obliger à se retourner vers moi, puis sur eux-mêmes, et leur crier : Oh, mais ça va pas, non ? Qu'êtes-vous devenus ? Regardez-vous, malheureux, vous ne ressemblez plus à rien ! Vous, les « visibles », vous ne vous voyez même plus !

Mais, comme souvent, j'ai préféré passer mon chemin pour aller voir plus loin si j'y étais. Je n'allais pas empêcher seul le bulldozer de passer et tout aplatir dans le jardin.

Quelle poisse ! Dire que j'avais un peu recouvré le moral, ce matin, au sortir de chez moi, en voyant les oiseaux vocaliser dans les arbres, et voilà que la solitude glacée des Chibanis errant par la ville m'a fendu le cœur. La mélancolie m'a de nouveau débordé. Si mon père n'était pas sorti du rail d'Ouessant, il aurait passé un savon aux orties à ces Anciens qui se sont si bien laissé tomber les uns les autres.

Voilà une journée à Pépins qui s'annonce ; cela se sent comme si j'avais le nez fourré dans un tuyau d'échappement de Hummer. Que faire ? Rentrer chez moi et oublier que j'en suis sorti, ou bien passer entre les Hérissons ?

Par en-dessous les hérissons, c'est encore mieux. Je prends le métro, descends sous terre, empruntant des escaliers roulants, et déboule dans la station aux murs mouchetés de carreaux mauves et blancs. C'est tout de suite l'agression : sur les voûtes, des publicités hurlantes lancent leurs sommations à consommer, je suis dans les entrailles de XXL, en plein dans la salle des machines. Des images en technicolor font resplendir des villégiatures dans des contrées exotiques, des spectacles féeriques à ne pas manquer, des corps féminins invitant à la caresse.

Une voix nasillarde crachotée par un haut-parleur signale que des pickpockets sévissent dans la rame, ils ont des visages de Pépites et plusieurs mains accrochées à leurs poignets, aussitôt les avant-bras des voyageurs se referment sur les sacs, se resserrent sur les poignées de valises, une peur soupçonneuse se lit dans les regards. L'inquiétude habite donc aussi sous terre, dans cette Pépinière ? Je me dis que je ne vais pas m'en sortir.

Je n'ai ni sac, ni valise, des pickpockets et autres malandrins je n'ai que faire, aussi je laisse mon regard flâner sans laisse et le voici qui tombe sur une plaque commémorative scellée dans le mur. Elle indique que

« Dans cette station, le 8 février 1962, neuf personnes ont été tuées par la police lors d'une manifestation pour la paix en Algérie ». J'entends leurs fantômes scander encore « Paix en Algérie ! Non au colonialisme ! Algérie algérienne ! » – mais aucune oreille ne veut plus leur prêter attention, les gens ont tout oublié, on dirait, ils s'épient les uns les autres du coin de l'œil, mine de rien, pour tenter de repérer les mains baladeuses des voleurs à la tire. Ils n'ont plus qu'un objectif dans leur vie d'aujourd'hui, ne pas se faire avoir.

La chenille métallique pointe son nez dans un virage. Autour de moi les oublieux reculent d'un pas, par principe de précaution. Le métro est bondé de spécimens hétéroclites roulant vers leur lieu de travail, plus ou moins pressés, plus ou moins stressés, plus ou moins déshumanisés : Élans et Escargots, Lièvres et Tortues, Souris et Chats, Loups et Agneaux, Corbeaux et Renards, Fourmis et Cigales, Puces et Poux... Le convoi grince des roues, freine brutalement. Les portes s'ouvrent. Je laisse s'échapper le flot sortant et me faufile en jouant des coudes avec les entrants. Les portes ont du mal à se refermer.

À ce moment, je me hisse sur la pointe des pieds, fais la girafe et lance à la foule compressée des grises mines : « Bonjour à tous ! », souriant pour me mettre en bouche ce mot que j'aime et nettoyer les Pépins de mon chemin. À mon vif étonnement, nul ne réagit, pas même une mouche qui aurait pu se trouver dans la rame par le plus grand des hasards, comme c'est parfois le cas dans les westerns spaghettis et les thrillers écossais. Au bout de quelques secondes, je hausse le ton et rajoute une languette d'optimisme : « Bonjour… et que cette journée soit belle pour tous ! »

Alors là, c'est la débandade ! Les visages se défilent, pire qu'un banc de sardines perforé par une bande de dauphins, ils se détournent dans le sens inverse de la marche, je ne vois plus que des dos qui me font face, les livres ouverts sous les visages remontent subitement jusqu'aux fronts comme des stores métalliques. Deux vieilles pies me détaillent d'un œil scrutateur, je dois être pour elles un évadé de l'hôpital psychiatrique. Stoïques, deux crapauds figent leur attention sur un placard publicitaire et n'en bougent plus, tandis que des lièvres détalent à l'avant vers une autre voiture. Enfin, pour que le silence soit à son comble, tout un chacun se colle des écouteurs sur les tympans.

On dirait que j'ai jeté un sacré froid dans le wagon surchauffé par les corps juste sortis du lit à cette heure matinale.

Nul n'a donc réagi à mon bonjour, aucun passager n'a pu prononcer ce joli petit mot d'humanité. Deux faux lecteurs tenant leur livre à l'envers tournent la page en même temps.

J'ai l'impression que les mots ne sont pas sortis de ma bouche, les gens n'ont pas dû entendre, aussi je m'approche d'une vieille fermée comme une huître sur son siège et m'adresse à elle avec douceur, dans l'espoir de ne pas l'effrayer :

« Bonjour, madame, pourquoi ne me saluez-vous point, vous qui avez l'air si gentille, seule dans votre coin ? »

À la fin de mon distique, elle scanne l'intérieur de mes prunelles, se hisse vers mon oreille et vient y dégoiser son secret de polichinelle :

« Attention...

– Mais à quoi ?

– ... ils vous prennent pour un fou ! »

Elle m'indique d'un battement de paupières le banc de Rougets grondins qui me tiennent en joue, toutes crêtes et dards hérissés.

« Un fou ? Mais pourquoi ? », dis-je, affolé.

Je pivote en direction des anxieux, des grincheux et des faux lecteurs pour deviner leurs réactions, mais plus personne ne paraît respirer dans la rame. Devant mon désarroi, la vieille Huître me rappelle à elle d'un mouvement de valve et murmure :

« Hep !... On ne peut pas entrer comme ça dans le métro et crier à tue-tête “Bonjour à tous !”. Ça ne se fait pas.

– Ça n'est pas poli ?

– En tout cas, ça ne se fait pas. Restons-en là, si vous le voulez bien. »

Elle ne tient pas à en dire davantage. Elle referme son capot, renfourne sa pensée sur cette formule passe-partout, mais, pour moi, ce n'est pas tout, j'ai l'impression qu'elle m'en cache un bout sur la psychologie des chaluts qu'elle fréquente matin et soir depuis le mitan de sa vie.

« Dire bonjour, ça n'est pourtant pas la mer à boire », dis-je pour l'amadouer.

Elle daigne rouvrir son clapet :

« Je vais vous dire. Avant, le métro s'appelait *métropolitain*, parce qu'il y régnait cette politesse naturelle des gens, mais, maintenant qu'elle a disparu de la Ville, on a supprimé “politain” et on dit métro tout court. Vous comprenez ? »

Oui, je crois bien. Je me dresse à nouveau sur la pointe des pieds et inspecte la foule qui n'a pas bougé d'un iota depuis que nous avons quitté la station où avaient résonné les voix des manifestants de jadis contre l'impérialisme. Constatant la persistance de mon désarroi, l'Huître s'entr'ouvre à nouveau et vient à ma rescousse, me susurrant, toute attendrie :

« Vous avez l'air d'un petit lapin de garenne égaré dans un terrier trop grand pour lui... Je vais vous dire : de nos jours, ce sont les SDF qui usent et abusent du “bonjour” pour réclamer de l'argent, des tickets restaurant ou même un simple sourire, maintenant : c'est leur truc !

– Un sourire ?

– Oui, oui... Après avoir débité leurs refrains de misère, ils vous balancent en pleine figure : “Et si vous ne me donnez rien, souriez-moi, au moins !” Alors, forcément, quelqu'un qui entre comme vous en saluant à la ronde... Les Sardines vous suspectent. Pour elles, vous êtes un sans domicile fixe... »

Intrigué, je me retourne pour la énième fois et constate effectivement que dans le métro on ne se parle pas, on ne se sourit pas, on ne bouge pas, on reste reclos-reclus dans sa carapace pour se protéger des autres et protéger les autres de soi. C'est un code. Tout le monde a l'air de s'en trouver rassuré.

Seul un jeune garde les yeux braqués sur moi. Il a une belle tête de grenouille, mais doit certainement s'appeler lui aussi Omar – sans H au début ni D à la fin. Il se trouve en compagnie d'un jeune géant noir chaussé de Puma, prêt à bondir. J'ai l'impression qu'ils ont écouté ce que me disait l'Huître et doivent se demander d'où je débarque. J'aimerais leur dire de la forêt, d'un monde enseveli où les habitants se connaissaient et partageaient leurs repas, mis à part la Chauve-sourire et son Pépin d'époux, un univers qui a été avalé par la Mégapole, où il n'y avait peut-être pas de livres mais où on savait vivre.

Non, je ne viens pas de ce monde où les gens ont le cul serré par l'angoisse, se voilent la face derrière des faits-divers et des cours de bourse qu'ils feignent de lire, où ils ont appris à fermer leur cœur à l'inconnu, à ne plus dire bonjour à n'importe qui.

Je dis à l'Huître :

« Si je comprends bien, les gens qui ne disent pas bonjour dans le métro ont tous un domicile fixe, si seuls les SDF disent bonjour ! »

Elle hausse les épaules :

« C'est bien malheureux, mais on peut voir les choses comme ça. »

Elle ne peut voir en peinture les SDF du métro. Elle leur en veut d'avoir tout squatté, jusqu'au bonjour qu'ils ont monopolisé pour imposer aux passagers l'étalage de leur misère. Elle dit qu'il ne faut quand même pas pousser mémé dans les orties, qu'ils ont détourné les formules de courtoisie élémentaires et que le résultat est accablant : il n'y a plus de métropolitesse.

Je ne peux m'empêcher de sourire en pensant à la Chauve-sourire que mon père avait justement poussée, robe troussée, dans les piquants, mais l'Huître se vexe, croit que je la prends pour une moule, se referme sans que j'aie pu lui fournir la moindre explication.

Le métro parvient à la station suivante, « Rue des Boulets » : grincements d'essieux, coups de freins brutaux, ouverture des portes, vérification de la porte opposée, désarmez les toboggans... L'Huître qui murmure à l'oreille des fous se lève de son siège, semble dire d'un clignement d'yeux « Hé oui, c'est ainsi », et disparaît dans la vague sortante, sans même un au revoir, mais je m'y suis fait.

« Bonjour, et que la journée vous soit belle ! », dis-je quand même dans son dos.

Le Homard, qui a suivi notre échange, me toise en descendant :

« C'est la première fois que tu montes dans le tromé, mec ? Putain, mais tu sors d'où ? »

Lui aussi me prend pour un allogène tombé d'une planète glacée, je le vois bien, alors que je voulais seulement saluer un banc de poissons. Il éclate de rire en se pliant en deux. Puis, hochant la tête, l'air de dire « C'est pas possible ! », il emboîte le pas à son ami Puma noir aux oreilles occupées par d'énormes écouteurs d'où crépite un rap de racaille caillasseuse contre la Police de l'Identité nationale. Je n'ai pas eu le temps de lui répliquer, juste pu entendre le mot « tromé » dont j'ai déduit qu'il voulait dire « métro » en remontant par l'arrière du mot comme on s'amuse souvent à faire chez la tribu des Hérons.

J'avais vu ce que je voulais voir et décidai de ne plus jamais me rendre sous terre avec les Taupes, les Huîtres, Élans, Fourmis, Harengs saurs et autres Crapauds. De retour chez moi, je me cloîtrai entre mes quatre cloisons et, assis en tailleur, je pris un livre, m'y plongeai et lus à l'abri du monde.

Décidément, j'avais certes fini par trouver un domicile fixe, mais je ne serais jamais adapté à cette nouvelle vie dans laquelle je me sentais en constant décalage. Je ne recevais jamais de visite, sauf une fois, quand une délégation d'anciens de la forêt tint à venir me voir chez moi. La Carpe était parmi eux. Je reconnus aussi le plus vieux d'entre eux malgré les transformations de son visage. Ils étaient cinq en tout et pour tout. Je les fis entrer. Le premier verre d'eau servi, le doyen prit la parole en tremblotant d'émotion. Ils étaient venus me demander de former et présider une association destinée à faire revivre les valeurs de nos ancêtres, celles de l'authenticité, de l'hospitalité, de la fraternité dont ils étaient orphelins depuis trop longtemps. Leur bilan familial n'avait rien de glorieux : tous avaient des enfants tombés en vrille dont aucun ne parlait la langue de la forêt ; la plupart, obèses, passaient leur temps collés à des écrans dans lesquels, encore heureux, ils ne se reflétaient pas, avec une part de pizza, un hamburger ou un cornet de frites en permanence à la main. XXL les avait gavés de ses adjuvants chimiques, hormonaux, antibiotiques.

Aujourd'hui, mon retour parmi eux rendait espoir à ces géniteurs déboussolés.

« Quel espoir ? demandai-je sévèrement à leur chef. Regardez-vous... »

Il ne put ouvrir la bouche, mais, penaud, baissa la tête vers ses mains tremblantes.

Je n'avais plus la force de porter ces gens à bout de bras, de combattre pour des valeurs qui ne pouvaient plus rivaliser avec le rouleau compresseur de la Satiété de consommation. C'était trop tard.

« Pourquoi ne vous êtes-vous pas dressés contre cette machine qui vous vidait de votre substance ? Pourquoi avez-vous laissé faire, hein ? Quelqu'un d'entre vous peut-il m'éclairer ? »

La colère m'avait reconquis. Je posai plusieurs fois la question et chaque fois leurs réponses s'enchevêtraient dans les contorsions de la mauvaise foi ou de l'ignorance. Ils disaient qu'ils ne savaient pas, ils ne savaient rien, et je brûlais d'envie de les secouer comme des pruniers, de les obliger à prendre conscience de leurs responsabilités, mais chez eux aussi les écrans avaient transformé leur cerveau en pâte à pizza. Je leur racontai même ma rencontre avec les quatre Chibanis qui ne se disaient plus bonjour sur le trottoir :

« Regardez-vous, rajoutai-je, de quoi avez-vous l'air ? Je ne suis pas votre Messie !

– Mais si ! osa un membre de la délégation.

– Mais non ! », criai-je encore plus fort.

Deux ou trois étaient arrivés chez moi avec leur machine à fumer, qu'ils appelaient Chicha, au creux de laquelle se consumaient lentement des feuilles de Loto aux vertus hallucinogènes. Amorphes, les yeux rouge sang, ils se plaignaient d'être devenus plus Persolitaires que les indigènes de la Ville même.

« ... On vous dirait prisonniers de l'île des Lotophages ! »

Les vieux haussèrent les sourcils en points d'interrogation et échangèrent des regards d'incompréhension avant de retourner se dissimuler derrière leurs volutes de fumée.

« Tout ça, c'est à cause de la perte de mémoire, commenta un non fumeur. Il n'y a plus de station de Sens où l'on puisse se réapprovisionner en valeurs sûres...

– Stations de quoi ? grimaçai-je.

– De sens. »

Il expliqua que les anciens établissements scolaires avaient été rebaptisés *stations de Sens* par le ministère national de l'Éducation et que leur progéniture en était automatiquement exclue. De toute façon, ils n'étaient pas formatés pour la prétendue formation que les pompistes de la nouvelle municipalité y délivraient. Très tôt, en effet, on les affublait de tous les noms d'oiseaux, on les traitait d'ânes, de têtes de mules, d'oies, parfois de ratons, et ils finissaient par se détester eux-mêmes. Ils n'en avaient plus rien à braire, comme ils disaient, et acceptaient d'aller dans les réserves spécialisées où on leur inculquait la lecture basique de panneaux indicateurs pour s'orienter dans la vie et la ville nouvelles, rien d'autre.

À la différence de celles des enfants Indigènes, ces réserves de formatage étaient des stations de Sens Plombé. Quand ils en sortaient, à la fin de leur cycle d'apprentissage, les jeunes étaient voués à toucher le fond, lestés par le boulet de l'ignorance, les chaînes de la dépendance aux chevilles. Ils ne pouvaient concurrencer les gens d'ici qui bénéficiaient d'un combustible sans plomb, certains même d'un gaz naturel liquéfié, l'essence même du savoir-vivre et de la propulsion sociale.

Quant à ceux qui, parmi les anciens de la forêt, parvenaient à passer entre les mailles du filet, les Kamel-Léon, on m'apprit qu'on avait tôt fait de ne plus les distinguer dans la foule des Persolitaires, car ils changeaient de peau, se débarrassaient de leurs oripeaux d'origine, coupaient leurs racines, lissaient leurs cheveux, se rasaient la barbe, fréquentaient les Brasseries Sociales dans l'espoir de marier une sirène du cru, de l'espèce des Flamandes roses.

À partir de là ils devenaient membres légitimes à part entière de XXL. Du moins le pensaient-ils, car toujours un aléa pouvait répandre sa tache d'huile sur cette trajectoire.

L'histoire me rappelait étrangement l'épopée d'Ulysse le jour où son navire, poussé par une bonne brise, parvient dans un détroit où le vent tombe d'un coup ; les voiles se détendent ; les hommes d'équipage sont éméchés, le vin coulant à flots dans les ports où ils errent depuis des années. Ulysse comprend qu'ils sont dans la Passe aux Sirènes. Il s'empresse de faire boucher les oreilles de ses hommes, mais beaucoup refusent d'obtempérer à son ordre, ils n'ont plus peur de rien, insistent pour défier ces grues marines qu'on appelle Sirènes. À peine Ulysse s'est-il fait attacher au mât afin de pouvoir écouter le chant de ces créatures qu'elles émergent des flots, belles à croquer, et entament leur sérénade endiablée. Immédiatement, une dizaine d'hommes ôtent leurs boules Quiès, et, du pont, lancent des quolibets aux filles, leur exhibent leurs attributs, chantent à tue-tête des couplets paillards, puis se balancent à l'eau et disparaissent dans les profondeurs tandis que les autres, les oreilles protégées, continuent de ramer en contemplant le fascinant spectacle.

À partir de ce virage, l'histoire d'Homère part en saucisse. La vérité est que les ensorceleuses se rapprochent d'Ulysse, lui racontent des atrocités sur sa femme Pénélope, restée au bled, qui se serait prostituée des années durant ; le vaillant marin pleure de rage, se tourne vers les rameurs pour les supplier de venir le détacher, et c'est alors que deux Pépins en larmes exaucent son vœu. Comme un animal blessé, abandonnant son navire, répudiant son passé, renonçant au retour à Ithaque, il se jette dans les gouffres amers.

« C'est ainsi qu'on s'intègre, il faut se jeter à l'eau, prétendit un Dauphin en tirant lourdement sur sa chicha de Lotophages. On peut pas rester le cul entre deux chaises, personne n'y trouve son compte.

– Moi, je ne crois pas, rétorqua le plus vieux Chibani. Avec la tête qu'ils ont, les gens de chez nous resteront toujours mal vus, dans cette nouvelle ville. Sirènes ou pas sirènes, quand un homme vieillit, tout en lui s'affaisse et finit par tomber : les cheveux, les dents, les joues, le ventre, la verge ; il n'est qu'une chose qui remonte en lui : ses racines. Il faudrait enseigner au moins cela à nos enfants, avant de mourir ; nous serions moins pitoyables. Pardonnez-moi d'avoir été si long. »

Je partageais ce point de vue ; cependant, c'est l'histoire des stations de Sens qui m'avait le plus frappé et qui me tracassait. Les ravages psychologiques parmi les anciens des tribus étaient irréparables. XXL déboussolait les citoyens au point de leur faire perdre tous repères, jusqu'à leur adresse, leur nom, leur date de naissance, et quand leurs cerveaux étaient réduits à l'état de guimauve, elle les expédiait dans ces stations pour refaire le plein de Sens avant d'échouer à l'équarrissage social.

Le Chibani évoqua ceux qu'il voyait chaque jour en file indienne devant l'entrée de la Station située juste en face de chez lui : anxieux, camés au Loto, la tête ne cessant de pivoter sur elle-même, incapables de penser à force de dépenser, ne sachant plus placer un temps derrière l'autre, attendant que le remplisseur vienne réalimenter leur *think-tank*, leurs méninges en idées conformes.

« En plus, les pauvres ne cessent de se gratter, ajouta-t-il, dévorés qu'ils sont par les puces informatiques. »

Il mentionna aussi le harcèlement des Contrôleurs d'identité qui, tels des vautours tournoyant autour de ces pauvres hères, en profitaient pour piocher au hasard parmi ces faciès et procéder à des contrôles inopinés destinés aux tests génétiques de la Compatibilité nationale. Voilà pourquoi, pensai-je, dans le métro les Sardines se muraient dans le même banc, se taisant à l'unisson, le regard au plancher quand on les fixait, le moindre passager original provoquant parmi elles un remous de panique susceptible de dégénérer.

Je voulus resservir de l'eau fraîche à mes hôtes, mais la Carpe tint à s'en occuper personnellement.

Aux dires de la délégation, XXL avait dissous ce qui restait de la culture de la forêt et fait de la mémoire un enjeu stratégique pour sa propre pérennisation. Ses écrans plasma disposés sur l'itinéraire des habitants avaient pour rôle de dissiper tous reliquats du passé, car la mémoire était considérée comme source de résistance à l'hypnose des consommateurs.

« Le souvenir est subversif, maugréa un Chibani.

– Et notre mémoire est en hibernation », compléta un autre.

Le Persolitaire incarnait en effet un nouveau modèle de citoyenneté, libéré de toute allégeance ou appartenance originelle. C'était en théorie un prototype libre et indépendant, réfléchi, évoluant dans un monde de concurrence pure et parfaite où on le jugeait sur ses seuls facultés, talents et mérites ; aucune autre considération ne devait venir entacher la pureté de cette estimation : ni commémoration, ni mélancolie, pas plus de remords que de nostalgie. XXL était exclusivement le monde d'aujourd'hui, à la rigueur un peu celui de demain, en aucun cas celui d'hier.

Dans certains cas, toutefois, XXL autorisait la décongélation du passé et sa consultation : pour les amnésiques chroniques et les personnes de niveau cinq, en phase terminale du *process* de vie. Mais le recours aux remembrances était un exercice périlleux, et les arrêts cardiaques fréquents.

Pas plus tard que la semaine écoulée, un couple de vieux habitants près de chez moi avait trouvé la mort d'une façon qui en disait long sur le nouveau traitement de la nostalgie. J'avais lu cette histoire dans un canard traînant sous un banc public et j'en avais eu les ailes coupées, comme aurait dit l'Ara de service. C'étaient des vieux qui avaient passé toute leur vie ensemble et qui, parvenus au bout du chemin, constataient qu'ils avaient de moins en moins de choses fraîches à se raconter lorsqu'ils dînaient face à face. Or le vieux ne supportait pas le silence de la mort. Il déprimait. À la recherche d'un antidote, il sollicita auprès de l'Administration un permis spécial pour puiser dans son passé et obtint satisfaction, vu son âge avancé, et, pour tout dire, presque arrivé, puisqu'il ne représentait plus aucune menace pour l'Ordre public. On lui livra donc le code d'accès à son passé. Aussitôt le soleil réapparut dans sa vie de couple. Avant d'entamer un repas en compagnie de sa compagne, il se levait, marchait à tâtons jusqu'au frigo, ouvrait la porte du congélateur et prenait un des nombreux Tupperware qui s'y trouvaient entreposés. Il en déchiffrait l'étiquette avant d'aller d'une main tremblante le placer dans le four à micro-ondes pour le décongeler. L'opération effectuée, il rejoignait sa femme à table. Le Tupperware renfermait des souvenirs congelés : de vacances en Bretagne, de mariage, de parties de belote entre amis, de fêtes enfantines, d'anniversaires, de naissances, de bonne cuisine d'antan, de saveurs naturelles de fruits et légumes... – le catalogue n'en finissait pas.

Émerveillé, le vieux découvrait délicatement ce passé passé au micro-ondes et le couple revivait ses meilleurs moments de vie, se reprenait à sourire, commentait ici une grande joie, là une petite peine. Chaque jour il réitérait la même oxygénation.

Une fois, la vieille dame avait même acheté au rayon Congélation d'un supermarché Mammouth une boîte de souvenirs standards dont elle avait entendu une publicité louangeuse à la télé. Elle voulait essayer cette nouvelle formule, car leurs souvenirs familiaux n'étaient pas inépuisables ; mais elle avait été déçue et avait eu du mal à partager et vivre ces souvenirs sous X.

Heureusement, le congélateur contenait suffisamment de restes pour espérer tenir jusqu'au bout de la traversée, et parfois même ils ne rechignaient pas à réchauffer un bon souvenir qu'ils avaient déjà revécu plusieurs fois après passage au micro-ondes.

Ce système leur convenait. Ils tinrent de nombreux mois à ce rythme de croisière, jusqu'au jour où un accident stupide se produisit. Le vieux s'était comme à son habitude levé de table, était allé ouvrir le congélateur et avait constaté avec consternation que la glace avait débordé comme une mousse solidifiée, au point qu'il ne pouvait arracher aucun Tupperware à la banquise où s'était enkysté son passé. Sa femme se rongeait d'anxiété. Il la rassura : une idée lumineuse lui était venue à l'esprit. Il alla prendre dans la trousse à outils de sa jeunesse un marteau, un burin et un long tournevis et s'en revint devant son congélateur, l'œil vif. De ses mains incertaines, il entreprit de briser la glace afin de libérer au moins un souvenir. Fière de la perspicacité de son époux, la vieille dame recouvra le sourire, l'encouragea avec des mots de leurs tendres années, et le cœur du vieux repartit à bride abattue vers un nouvel avenir. Soudain, il donna un coup de burin trop profond et perfora le tuyau de gaz rare au fond du compartiment à glace. Percé à mort, le frigo s'arrêta net et un silence final envahit aussitôt la pièce. La glace fondit, entraînant dans sa chute les Tupperware congelés, et tous les souvenirs du couple s'évaporèrent d'un coup comme d'une baudruche crevée. Brusquement vidé de sa mémoire, comme privé d'air, le vieux s'affaissa devant le frigo et s'éteignit dans le plasma de sa mémoire. Son épouse n'eut que le temps de le voir se tenir le cœur, dans une vaine tentative pour relancer la pompe ; elle mourut dans les secondes qui suivirent, à table, la tête dans l'assiette de gaspacho.

Les Canards glosèrent plusieurs jours sur cette affaire de mémoire percée. Les gens suivirent des débats télévisés sur le rôle de la nostalgie comme mode de résistance à l'autonomie du Persolitaire. Le Prédisant de la République intervint en personne au 20 heures pour exhorter la population à ne pas se charger inutilement du fardeau des souvenirs, mais contribuer au mieux au développement de l'Hyper-Nation : la Gaule d'Après qu'il avait imaginée pour eux requérait toute leur disponibilité.

Dans les supermarchés, la chute des ventes de souvenirs congelés fut sévère. Plusieurs PME spécialisées dans le secteur du « prêt-à-rêver » connurent la banqueroute en quelques jours.

La Carpe, qui disposait d'une mémoire d'éléphant, assistait assidument à ces débats sur l'identité, les origines, le devenir de l'espèce, notamment celui des anciens de la forêt. Elle aussi avait connu cette affaire par les Canards et rapporta qu'elle avait entendu un Héron, lors d'un débat télévisé, demander « à quoi ça sert d'avoir de la mémoire quand on n'a pas d'avenir ? », et cette question l'avait fort intéressée puisqu'elle se la posait pour elle-même, maintenant qu'elle arrivait en bout de ligne.

Je l'aimais bien, son doux visage ravivait en moi celui de ma mère.

Je dis que c'était justement en produisant de la mémoire que les humains se construisaient un avenir. Elle en était d'accord. Un peu plus tard, elle déplora que dans la même émission, beaucoup de Kamel-Léons ne disaient plus « J'ai réussi » ma vie, mais « Je me suis réussi » ; elle en concluait que conjuguer le verbe réussir avec l'auxiliaire « être » et non plus « avoir » était devenu le signe officiel d'une bonne intégration. Elle voulait signifier par là à quel point XXL avait poussé à l'individualisme pour une raison qui lui paraissait à présent évidente : le bannissement du mot « communauté ».

Justement, la mémoire était un ciment indispensable au maintien des liens communautaires, et voilà pourquoi les tentatives des anciens de la forêt de renouer avec leurs attaches avaient échoué : XXL y était furieusement opposée. Les hêtres de la forêt avaient été sciés au ras des racines et ne repousseraient jamais. Beaucoup de Chibanis qui avaient tenté de résister à leur anéantissement culturel avaient été expédiés en maisons de redressement, dans des hangars de dépôt, voire déportés pieds et poings enchaînés dans les bagnes d'au-delà les mers, d'où ils n'étaient jamais revenus. On avait estampillés « incontrôlables », « atypiques » ou « rebelles », parfois « déviants », ceux qui refusaient de rester dans les rails qu'on avait tracés pour eux. La Nouvelle-Calédonie avait été retenue comme destination privilégiée par l'Administration des Pénitences : on ne pouvait trouver plus éloigné de la Gaule.

Quelqu'un frappa à la porte. La Carpe alla ouvrir ; elle faisait chez moi comme chez elle. C'était le Savant de Marseille. Il venait me chercher pour me conduire à son nouveau terrain d'études dont, prétendait-il, je ne reviendrais pas indemne.

Il était dans tous ses états en déposant son cartable sur la table. Il essuya ses lunettes avec un pan de sa chemise tout en racontant que sur le chemin qui l'avait conduit jusqu'à la Fosse aux Ours, alors qu'il écoutait la radio dans sa Coccinelle, une information lui avait hérissé les cheveux sur le crâne. Il venait en effet d'apprendre qu'à Paris, XXL avait inauguré une fausse plage sur les berges de la Seine. L'initiative avait connu un succès étourdissant. Des centaines de milliers de Persolitaires avaient mordu à l'hameçon et étaient venus en masse se déshabiller, au sens propre, sur le vrai faux sable, s'allonger sur de vrais transats bleus, comme à Deauville ou Palavas, sur de fausses pelouses d'un vert synthétique, à la merci de vrais vendeurs à la sauvette qui défilaient par dizaines devant eux pour les gaver de glaces, boissons gazeuses, pop-corns, pizzas et autres ingrédients gras et saccharinés. Et les déshabiller ainsi davantage encore, cette fois au figuré, pour mieux les enrober. L'affaire s'avérait à ce point juteuse que d'autres municipalités avaient déjà retenu le concept pour leur propre cours d'eau, en vue de renflouer leurs fonds propres.

Le Sorciologue était autant excité qu'abasourdi par ces traitements de masse et surtout, précisait-il, par l'ingéniosité de leurs concepteurs qui avaient parfaitement saisi les ressorts de la société Persolitaire pour les exploiter en vue d'une rentabilité optimale. Mais, comble de la démesure, ce n'était pas la seule information qu'il avait glanée alors qu'il conduisait sa Coccinelle, ce matin-là. Il évoqua aussi un projet de la ville de Las Vegas, aux États-Unis, où on avait acheté et installé une fausse ville de Paris pour la planter en plein désert, et un autre, à Dubaï, pays où le soleil pesait 45 degrés à l'ombre, mettant en service une station de ski enneigée au milieu des sables cuisants.

Le Savant m'invita à aller prendre l'air avec lui au dehors. Il n'en pouvait plus : chaque jour lui apportait son lot de suffocations. Mais c'était le prix à payer pour ses recherches.

« L'air est encore vrai, dit-il, mais plus pour bien longtemps. Il y a de plus en plus de faux airs, hélas.

– Je sais, fis-je. C'est comme les Pépins déguisés en Pépites...

– Pardon, je n'ai pas bien entendu ? »

J'ai laissé sa question sans réponse : mon instinct était trop intuitif et irrationnel pour son cerveau cartésien.

Il était venu me chercher avec sa belle Coccinelle rouge à pois verts montée sur quatre roues et propulsée par des libellules. Je m'y engouffrai comme je pus, repliant mes jambes en sauterelle contre la pointe de mon menton. Nous traversâmes la ville et parvînmes bientôt à un endroit qu'il me sembla reconnaître. Ici, jadis, la forêt était plantée d'arbres les plus hauts du monde. Lorsque j'y courais avec les autres gamins des cabanes, jouant à saute-mouton ou coursant les écureuils, les papillons, les rainettes, les cerfs-volants, j'avais toujours la sensation d'évoluer dans une bande dessinée, à cause de l'épaisseur de la végétation. À présent, je regardais par les vitres de la coccinelle, cherchant une explication à l'étrange sensation que j'éprouvais. C'était exactement la même que j'avais ressentie lorsque, dans mon lit de fer forgé, mon enfance avait pris son essor vers mon étoile. Ici le temps avait levé le pied, les aiguilles des pendules et des montres se perdaient dans les bottes de foin, nous étions aux confins d'un autre monde.

« Drôle d'endroit », dis-je à mon chauffeur.

Il resta imperturbable, fixant la route rectiligne qui défilait sous les pneus de sa Coccinelle, le cerveau plein de concepts en gestation, l'esprit plus accaparé par la géographie humaine que par les paysages.

« Où va-t-on ? demandai-je, de plus en plus curieux. Tu ne veux pas me le dire ? »

Je gardais les yeux braqués vers le ciel. Il était incertain, filait un mauvais coton grisâtre, puis, quelques secondes plus tard, redevenait d'un bleu franc et faisait place aux rayons solaires.

Je la sentais tout près, derrière les forêts que nous traversions : la mer.

Elle laissait deviner sa présence, son ample et puissante respiration.

« On y est », annonça le Sorciologue en s'engouffrant dans les sables.

Il gara la Coccinelle contre un énorme Eucalyptus aux racines saillantes que les architectes du nouveau monde avaient tenu à conserver pour conférer une note d'authenticité à leur végétation domestiquée. Une plaque clouée à son pied indiquait : « Arbre d'époque ».

« Époque de quoi ? questionnai-je. Comme si aujourd'hui n'était plus une époque ! »

En réalité, j'avais déjà remarqué en ville un brocanteur vendre lui aussi des meubles « d'époque » sans jamais préciser laquelle, le mot ayant perdu sens et essence. La précision m'avait fait sourire, mais quand j'avais vu le vieux vendeur placer aussitôt ses mains en bouclier devant son visage, j'avais pris mes jambes à mon cou : c'était bel et bien un Pépin d'époque.

« C'est là une sorte de dernier rappel, exposa le Sorciologue. La plage où nous sommes est un lieu d'éradication totale du passé. Ici le sable a contorsionné l'espace-temps. Tu vas voir : l'endroit est hors toute époque... »

Je fis mine de comprendre. Quelques instants plus tard, nous étions face au spectacle. Mon savant n'était pas mécontent de faire découvrir à un novice les nouveaux débordements de XXL. Une vraie fausse mer avait bien été implantée là.

« Vise-moi ça ! m'invita-t-il en se frottant les paumes comme s'il y roulait une savonnette. Bienvenue sur la plage des Lézards ! »

J'ajustai mon regard sur le vrai sable virtuel où des milliers de Lézards étaient vautrés à perte de vue, quand brusquement une patrouille de la Police de l'Identité nous intercepta et brandit des bombes lacrymogènes dans notre direction.

« Elle est à vous, la Coccinelle rouge à p... ? » vociféra le moins obèse, mais pas forcément le moins lourdaud d'entre eux.

Il avait un bec de lièvre qui l'empêchait de finir ses phrases, ce qui ne lui facilitait pas la communication avec autrui.

« Oui, à moi », répondit le Savant en remontant sa monture de lunettes sur son arête nasale.

Choqué, je ne pus m'empêcher de couper court, la conversation prenant de toutes les façons une fâcheuse tournure, et interrompis brutalement le représentant du Nouvel Ordre qui en resta pantois.

« Vous pourriez dire bonjour, avant ! sortis-je de mes tripes.

– Quoi, quoi, quoi ? Qu'ouiiiis-je ? couinât l'Identificateur, imitant tour à tour un palmipède et une truie.

– Laisse tomber, me glissa le Savant, c'est un Pépin grave. »

Je rentrai aussitôt ma langue dans son palais et esquissai un rictus que le représentant de l'Ordre prit pour de l'arrogance.

« Ça vous fait rire ? hurla le palmipède en brandissant sa lacrymo devant son visage, prêt à nous arroser.

– Qui, moi ? Pas du tout ! », répliquai-je sans tressaillir le moins du monde.

Une nouvelle fois je m'en voulais de n'avoir pas anticipé l'embuscade. Puis le Savant de Marseille sourit à son tour et de nouveau le Contrôleur croisa ses avant-bras devant son visage et détourna le regard pour éviter la brûlure du sourire.

« Je vous ai simplement souhaité le bonjour », mentis-je.

L'autre se contenta de cette réponse laconique après avoir testé la perspicacité de ses acolytes d'un regard oblique.

« Allez, dégagez la voie, têtards ! finit-il par ordonner. On vous a assez v... »

Il cligna des yeux comme s'il prenait plusieurs clichés numériques de nos faces de macaques, au cas où nos routes viendraient à se recroiser.

Mon ami savant alla déplacer sa Coccinelle qui, au vrai, gênait le passage des ambulances, nombreuses à circuler dans cette Zone Urbaine de Loisirs où les Persolitaires s'adonnaient sans retenue à tous les excès, notamment le lézardage à 101 %, dont j'ignorais jusqu'à l'existence. Cette pratique populaire consistait à rester le plus longtemps possible allongé sous les U.V., sans aucune crème de protection, et à attendre le « dardage fatal », appelé aussi IRM, Insolation Radicale Mortelle, découlant de BDD, Brûlures au Dernier Degré. Cette pratique avait un enjeu : faire son entrée dans le Livre des records de la plage et goûter à la postérité en tentant l'exploit le plus vain et le plus insensé de la Nouvelle Société. La télévision avait largement contribué à populariser ce concours grâce à son jeu quotidien diffusé en *prime time*, « Miss Grill », où des filles venaient exhiber au public leur degré de cuisson avancé.

J'avais du mal à croire à ces balivernes, mais le Sorciologue acheva de me bluffer en me contant une anecdote que, même en imagination, on avait peine à concevoir. Une femme avait pris une IRM – on disait aussi une « cuite », dans le langage populaire – sur le sable, pas plus tard que la semaine écoulée, juste à l'endroit où nous marchions, et les pompiers l'avaient ramassée sur un brancard alors qu'elle ne ressemblait déjà plus qu'à une merguez cramée, aussi sèche qu'une matraque de Contrôleur d'Identité. Elle était si bien carbonisée qu'elle avait soulevé un tonnerre d'applaudissements quand son corps anthracite était passé parmi la foule des plagistes, sur son brancard. À la morgue, on avait trouvé une lettre posthume dans le sac en peau de phoque qu'elle avait laissé sur sa serviette ; c'était son testament. Elle y avait émis le plus invraisemblable des souhaits qu'un être humain puisse exprimer de son vivant : elle désirait qu'il y eût des gens « vu à la télé » à ses funérailles, des Vieilles pies et des Pie-pauls en smoking noir et blanc comme ceux qu'on porte dans les soirées de gala à Hollywood. Ce serait le plus beau jour de sa vie, même si c'était après le dernier. Hélas pour la malheureuse, son vœu n'avait pu être exaucé. Elle avait commis trop de fautes dans la rédaction de son ultime message, et aucun Pie-paul ne voulut, pour cette raison saugrenue, assister à sa crémation complète. On ne tenait pas à se montrer aux obsèques d'une inculte devant les caméras. La pauvre Lézarde se consuma donc dans le plus silencieux des anonymats. Et même le dieu Éole refusa de se compromettre en transportant ses cendres jusque dans l'éternité. Elles restèrent donc à tout jamais sur le sable.

J'allais lâcher un éclat de rire à soulever un raz-de-marée tant cette histoire me semblait sans queue ni tête, mais nous étions encore dans la ligne de mire des policiers de l'Identité qui nous lorgnaient comme des cibles mouvantes, et je me gardai de leur donner prétexte à un examen approfondi de mes origines par un surcroît d'hilarité intempestive.

Le brûlant et mortel désir de notoriété qui démangeait les Persolitaires donnait lieu sur la plage à tous les concours. Il est vrai que la fin justifiait partout les moyens. Le Prédisant l'avait d'ailleurs annoncé lui-même à l'orée de son mandat : rien ne comptait fors la victoire, quitte à être sur l'instant incompris, lorsqu'on avait pour ambition d'entrer dans l'Histoire.

Un peu plus loin, nous nous arrêtâmes devant un établissement de dardage proposant une formule *all inclusive* à base de grillades au feu de bois. Retenant mon souffle, je fixai le Savant de Marseille qui avait croisé les bras sur sa poitrine comme pour me réserver une nouvelle surprise.

« Et ça, c'est... ? dis-je, incrédule.

– Hé oui, fit-il. Cuisson au feu de bois... Mais il ne s'agit pas de pizzas...

– Non ! lâchai-je en pouffant.

– Mais si ! » hocha-t-il en signe de résignation face à l'incommensurable folie des hommes – et, pour le coup, des femmes.

Pour accélérer leur « cuite », les client(e)s pouvaient en effet s'allonger directement sur les charbons ardents qui se consumaient dans le BBQ, non sans avoir, il est vrai, avalé au préalable une substance anti-inflammatoire pour couvrir leur douleur. J'en étais malade.

« Continuons », proposa mon guide.

Nous nous faufilâmes entre les ensablés. Des panneaux plantés dans le sable indiquaient Palmisie, Bronzanie, Golden Islands, Iles Solaires, Turquoisistan, Sud-Farniente...

« Tu vois, ils passent là de fausses vacances, sur une fausse plage, au bord d'une fausse mer, dans de faux pays : pas mal, non ? Tu peux partir tout en restant sur place : quoi de mieux pour le budget familial... ? »

Lézards et Lézardes se tenaient agglutinés sur le sable, disposés en quinconce comme des sardines sur le grill, et partout autour d'eux se dressaient des restaurants « on the grill » dont beaucoup portaient le nom d'*Hippopotamus*. Contrairement à ce qu'on pourrait penser, ils n'étaient pas réservés aux hippopotames, mais ouverts à toutes les autres espèces de clients : baleines, éléphants, ours, otaries, porcs...

J'enjambai quelques spécimens, en contournai d'autres, l'odorat indisposé par de forts remugles d'huile de friture.

J'adressai un regard furtif à mon guide, histoire de savoir où poser les pieds. Je passai au-dessus d'une dame au corps volcanisé de cratères rougeâtres qui ressemblaient de plus en plus à un astéroïde tombé du ciel. Je mis la main à ma bouche pour retenir ce qui voulait en jaillir.

« Et encore, tout n'est pas là, précisa le Savant. Tu vois, les salles, là-bas, ce sont des *Établissements solaires*...

– Des écoles... ?

– Non, j'ai bien dit : “solaires”... C'est là que tu peux acheter des doses de rayons pour griller encore plus vite ! »

Il s'agissait de faux rayons de soleil que la Satiété de consommation avait conçus pour permettre aux Lézards de cuire sous vide en passant dans un caisson. Une petite révolution technologique : une espèce de four à micro-ondes pour humains. Ce jour-là, on proposait même un rabais : une dose offerte pour deux achetées. Il y avait foule à la caisse, une majorité de Lézardes voulant jouer les étoiles de mer et refusant de mourir méconnues.

« Tu ne veux pas essayer ? » plaisanta mon Savant.

Je virai d'un coup sec, glacé à l'idée de me retrouver à frire dans ce genre d'habitacle.

« Je rigole, reprit-t-il. Je tiens trop à toi, j'ai encore beaucoup de choses à te montrer. Au moins ai-je l'impression de servir à quelque chose... Car publier des articles dans des revues spécialisées que personne ne lit, j'ai déjà donné... »

Nous traversions le champ jonché de corps archicuits avec consternation. J'en avais la chair de poulet rôti. À mes pieds gisaient tous les genres de Persolitaires que la XXL avait pu engendrer, des enfants aux vieillards, de tous poids, toutes tailles, toutes nuances de couleur de peau... Je ne pus éviter de déplacer du bout du pied quelques grammes de sable qui allèrent se répandre sur les étendus, lesquels n'apprécièrent pas.

« Pourriez pas vous promener ailleurs ? » grommela une jolie Lézarde à la taille déliée en essuyant sa joue piquetée de grains.

Médusé, je balbutiai deux, trois onomatopées.

« Attention, Pépin ! » avertit le Savant.

Elle se rallongea en pestant, abandonnant à mes yeux et aux rayons le spectacle de son corps rouge et noir.

« On s'en va, fis-je soudain à l'adresse de mon guide. Je me sens mal. »

Il fallait me dégager de cette marée noire, je n'en pouvais plus, l'écœurement m'avait gagné et m'oppressait le ventre.

« Attends encore quelques minutes, proposa le Savant. Le dessert ne va plus tarder... »

Impossible de reculer : je ne savais même plus ou nous avions garé la Coccinelle.

Je repris notre marche en avant, mais, assez vite, la façon dont je zoomais sur les Lézardes devint suspecte, surtout s'agissant de celles qui ne portaient pas de haut, car beaucoup arboraient des poitrines qui exerçaient sur moi une envoûtante attraction, à la manière des Sirènes sur le héros d'Ithaque. Après observation détaillée de plusieurs spécimens, je me rendis compte que c'était en fait le même prototype de protubérances qui devait se marchander dans quelque officine voisine : deux ballons parfaitement sphériques pointant vers le ciel comme si un invisible échafaudage les rendait inflexibles aux vents les plus impétueux.

Un plagiste ensablé, de la famille des Hippopotames grisonnants, me héla de derrière sa monture de marque :

« Tu veux mes lorgnettes, œil de lynx ? »

Pris de court, je fis non de la tête, croyant qu'il voulait me vendre une paire de lunettes, puis réalisant au second abord qu'il ne parlait pas besicles ni lorgnettes, mais de sa femme sur qui mes yeux avaient braqué avec insistance leurs lentilles.

Écarlate, je m'éloignai à grands pas, la queue basse, tandis que, dans mon dos, mon guide m'adjurait de patienter quelques minutes, le pire étant encore à venir. Je le trouvais pourtant déjà bien trop présent...

La plage affichait en effet complet, le seuil de tolérance était largement atteint, le soleil bombardait le grill, passant et repassant son lance-flammes sur les milliers de corps cuisant à feu vif sur le sable. D'un coup, la Satiété de consommation avait ouvert grand ses portes comme si quelqu'un avait donné le signal de départ d'une grande braderie. Un rouleau compresseur se mit en branle, réveillant en sursaut les dormeurs :

« C'est l'heure ! Allez, allez, les Lézards ! Fini de penser, il faut dé-penser !

– Chouchous, chouchous, 2 euros 50 ! » se mit à scander un sexagénaire à l'accent du Midi, assurant qu'il avait également cacahuètes salées et pralines en réserve.

Son obésité était repoussante, son menton touchait son ventre qui lui donnait déjà l'allure d'un orang-outang de Bornéo à l'issue d'un banquet.

Un autre surgit derrière lui, sans doute son fils, puis son frère, un cousin, un oncle... Cassonade ! Mélasse ! Guimauve ! Barbe à papa ! Roudoudous ! Des armées de sucreurs se déversèrent sur la plage déjà envahie.

À quelques pas de là, un Africain proposait lunettes de soleil, bracelets montres, casquettes bariolées, sandales, paréos, sacs de contrefaçon, suivi d'un autre charriant statuettes en ébène et objets de cuir. Puis, en un éclair, le ciel se trouva mis à contribution : un avion surgit dans le bleu, annonçant sur une large banderole des réductions sensibles sur les SMS dans le forfait SFR. Un autre vint afficher dans sa traînée que chez BIBA, le géant du meuble, il y avait des soldes, et c'était maintenant ou jamais ! interdit de penser avant de dé-penser !, interdit de réfléchir, il faut fléchir ! Les Mirage à faire rêver faisaient du rase mottes au-dessus de la foule des Lézards pour leur en mettre plein la vue, comme s'ils cherchaient à aspirer le contenu de leurs portefeuilles par fricosuccion, tandis qu'à quelques mètres de là la route était elle aussi prise d'assaut par un énorme semi-remorque rouge qui avait déboulé à grands coups de trompe, coiffé d'un haut-parleur à grande gueule qui hurlait à crever les tympans que ce soir-là se donnait la dernière représentation du cirque Savapa ! Avec des tigres du Bengale, une girafe et son girafon, des otaries... et des moutons parlants en veux-tu en voilà.

Sur la mer, des jet-skis vrombissants coupaient les vagues en travers, déchiquetant dans leur sillage des nageurs égarés.

« Qu'est-ce que je t'avais dit ! » savoura le Sorciologue.

Pétrifié, j'observai le tohu-bohu des Persolitaires dont les sirènes d'ambulances et de pompiers décuplaient le stress. Partout l'état d'urgence faisait rage, des corps étaient enlevés sur des brancards, aussitôt remplacés par des candidats à la grill-notoriété.

Exténué, je me hissai sur la pointe des pieds pour dénicher un espace vert ou jaune où pouvoir me poser et vivre de l'intérieur cet hallucinant spectacle, mais pas un empan de sable libre n'était visible à l'œil nu. Il ne manquait plus que les vautours dans le ciel, mais peut-être étaient-ils dérangés par les avions publicitaires et attendaient-ils un meilleur créneau horaire pour opérer leur razzia sur les Lézards grillés.

« Chouchous, chouchous, 2 euros 50 ! » scandait de plus belle le sexagénaire à l'accent méridional, imité en écho par son frère, son cousin... « 4 euros les deux ! Profitez ! Pas de chichis ! »

Ils ne perdaient pas le nord, eux : le soleil n'affaiblissait nullement leur résistance, ni leur détermination à fourguer leurs sucreries à tout prix.

Deux mouflets bouffis et déjà brûlés au deuxième degré se ruèrent sur le vieux camelot, des pièces de monnaie plein les mains, raflèrent leur content de beignets dégoulinant de gras et de mouches, et retournèrent s'empiffrer près de leurs géniteurs.

Le vendeur me regarda le regarder ; il avait remarqué mon manège depuis un moment déjà :

« Un chouchou *on the grill*, peut-être ? »

Le thermomètre frisait les 50°. Je transpirais rien qu'à voir ces milliers de paires de jambes, de bras, de fesses qui encombraient l'horizon. De nouveau je piétinai malencontreusement l'appendice d'un Lézard au trois-quarts calciné, m'excusai, cherchai du regard mon ami Savant qui avait disparu du tableau. Un instant, je voulus m'asseoir sur un minuscule carré qui me semblait en jachère à mes pieds, mais, avant que j'eusse fléchi les genoux, deux corps vinrent s'affaler brutalement sur cet espace vacant, se disputant la priorité, l'un revendiquant son statut d'ancien combattant, l'autre de handicapé.

La rareté créait une animosité féroce.

Mon attention fut soudain attirée par un petit objet posé sur chacune des milliers de serviettes déployées sur le sable. À portée de main des Lézards, un téléphone portable prenait le soleil lui aussi, dans l'attente d'un appel du large. Les Persolitaires restaient branchés en permanence. Je me dis que c'était certainement pour recevoir des ordres, des injonctions, les messages subliminaux de la Satiété de consommation – voire plus, si nécessité : Lève-toi, crapaud ! Marche, blaireau ! Mange, têtard ! Dépense, canard ! Bâfre encore, gros porc ! Couche-toi, putois ! Consomme, pigeon ! Rêve tout debout, hibou ! Réveille-toi, vieux gnou ! Habille-toi, Vison ! Regarde la télé, vache à lait ! En mangeant ? Oui, bien sûr, tu devrais bien le savoir, c'est un pléonasme, âne bâté !

Et le Persolitaire de s'exécuter, contraint de rester disponible à tous égards par le truchement de la communication dont le téléphone portable est le bracelet électronique. En anglais, ne dit-on pas *cell phone*, téléphone *cellulaire* ?

Nous restâmes ainsi plus de deux heures, le Sorciologue et moi, à observer les gens posés là sur le sable, à ne rien faire, seulement rester immobiles, yeux clos, à prendre le soleil et griller.

« Qu'est-ce qu'ils attendent ? demandai-je au scientifique.

– Rien, si ce n'est d'être à point. »

Ceux qui en réchapperaient allaient rentrer chez eux et annoncer à leurs voisins : « J'ai passé du super bon temps : je n'ai rien fait du tout » ; ou bien diraient : « J'ai fait le Maroc ! J'ai fait la Turquie ! », comme s'ils avaient fabriqué ces pays avec de la pâte à modeler à l'heure de l'apéritif.

Le camion-remorque du cirque Savapa repassa sur la route avec son haut-parleur, traînant dans une cage ses tristes moutons parlants,

les jet-skis vrombissaient à crever les tympans,

les Mirage déchiraient le ciel blanc,

le sexagénaire aux chouchous vantait encore en postillonnant ses boulettes de glucose,

les mouches vertes tentaient de lui faire un vol à l'arraché,

le soleil boxait la multitude,

des footballeurs obèses tapaient de leurs pieds nus dans une boule invisible,

et moi j'avais la tête comme une pastèque.

« On s'en va, s'il te plaît, suppliai-je à l'adresse de mon guide.

– Tu as soif ? s'enquit-il. Tiens, prends ça. »

Le Savant de Marseille ouvrit un livre qu'il tenait entre ses mains depuis le début de la visite.

« Tu connais ? me demanda-t-il.

– Non, jamais lu. »

Il ouvrit le livre à la page qu'il avait marquée d'un trèfle à quatre feuilles, m'interrogea du regard pour savoir s'il pouvait me déclamer un passage à voix haute.

« Tu permets ?

« Bien que j'écrive si peu, je passe toutes mes heures de travail aux champs en conversation perpétuelle et en correspondance imaginaire. Il est rare que j'arrache une mauvaise herbe sans inventer une phrase pour vous à ce sujet. Ces mots-là ne sont pas écrits, autant en emporte le vent, mais l'intention est là, et, pour moi, d'une certaine façon, la compagnie. Aujourd'hui, par exemple, nous avons eu une grande conversation : je peinais, la sueur me dégoulinant du nez, sous une chaleur accablante qui faisait suite à une bourrasque de pluie. Il me semblait que vous me demandiez – sincèrement, étais-je heureux ? Heureux ! Je répondais : je n'ai été heureux qu'une seule fois, c'était à Hyères. Ce bonheur a cessé pour de multiples raisons : déclin de ma santé,

changement de lieu, accroissement de mes revenus, approche furtive de la vieillesse. Depuis ce moment-là, comme avant, je ne sais ce que cela signifie, mais je sais toujours ce qu'est le plaisir. Plaisir aux mille visages dont aucun n'est parfait, aux mille langues toutes écorchées, aux mille mains, dont les ongles tous égratignent. Bien au-dessus de tous ces plaisirs, je place celui d'arracher les mauvaises herbes, seul ici près de l'eau babillarde, dans le silence de la haute futaie[1]. »

Il voulait me faire partager l'émotion que cette coulée de mots avait suscitée en lui depuis qu'il avait ouvert l'ouvrage, à la bibliothèque. En laissant son regard englué sur le spectacle des Lézards, il prononça de nouveau ces vocables : « eau babillarde... silence... haute futaie », les laissant glisser de ses lèvres et de sa pensée. Pour moi aussi, ils étaient désaltérants.

1. *Correspondance* de Robert Louis Stevenson.

Nous parvînmes enfin à nous extraire des sables mourants. Devant nous, deux ambulances chargeaient trois merguez carbonisées qu'elles emportèrent vers les hangars de dépôt. Je reconnus le corps d'une Anglaise qui était venue étendre sur le grill sa peau de rousse importée de Birmingham. Je m'en souvenais fort bien pour avoir failli la mettre en garde contre une exposition par trop brutale qui risquait de..., mais le Savant de Marseille m'avait conseillé de fermer la bouche si je ne voulais pas gober une mouche. J'avais pris son conseil pour argent comptant.

Il me rappela que, récemment, suite à la canicule qui avait rendu fou le mercure, dix-huit mille Persolitaires de niveau trois et quatre – c'est-à-dire troisième et quatrième âges – avaient succombé dans les crevasses mal colmatées de la solitude. Seule l'odeur pestilentielle des cadavres en décomposition avait permis aux Identificateurs de les repérer dans les maisons en dur et de les évacuer vers les Centres d'équarrissage où nul n'était venu les reconnaître. En guise de diversion, il y avait eu une mini-tornade politique, il avait fallu trouver des boucs émissaires pour passer l'éponge sur ces cadavres anonymes, on en avait trouvé qui acceptèrent le rôle, ils disparurent et on les remplaça par leurs répliques pour solde de tout compte.

De retour à la Coccinelle, une surprise nous attendait : glissé sous le balai de l'essuie-glaces, un papillon blanc et vert. Ses ailes de papier étaient collées. Les Contrôleurs d'Identité, malgré le stationnement correct du véhicule, avaient tenu à nous rappeler à leur bon souvenir. À la lueur hostile que mes yeux émettaient, ils avaient senti combien leur indigne mission d'épuration me révulsait.

Je demandai au Sorciologue les attendus de cette pénalité à deux cents euros qu'il était en train de déchiffrer derrière ses lunettes à double foyer.

« Je n'ai pas effectué mon *contrôle ethnique*, me répondit-il.

– Quel contrôle technique ?

– Tu n'as pas compris : je parle de contrôle ethnique... Chaque année il faut le refaire, sinon... et moi, je n'y pense jamais.

– Et tu en es pour tes deux cents euros ?

– Ouais, et je les emmerde en payant de gaîté de cœur. Au moins jusqu'à présent... »

Sous l'impulsion de son nouveau Prédisant, la Nouvelle Société avait en effet obligé une fois l'an les égomobilistes à tester leur Compatibilité génétique pour être admis à rouler sur la même route que les autres, et le pauvre Savant, trop préoccupé par ses recherches en sciences sociales et sur l'avenir de l'espèce, n'avait jamais pris cette obligation au sérieux. Cela lui coûtait en outre un retrait de trois points sur son permis de bonne conduite. Il ne lui en restait donc plus que sept avant reconduite à la frontière de son choix. Ce serait dans ses forêts d'origine ou aux États-Unis, car il m'avait déjà parlé à deux ou trois reprises de ce pays, son Ithaque à lui, où les Noirs comme lui avaient gagné le droit d'être simplement tels quels.

Les Contrôleurs avaient deviné à notre faciès que nous étions de la race des pigeons voyageurs. Ils avaient cherché à nous pigeonner. Mais autant en emporte le vent !

Un albatros sorti d'un poème de Baudelaire vint planer au-dessus de l'eucalyptus d'époque et nous encouragea à ne pas succomber à la provocation. Sa fraîcheur d'âme me fit grand bien. Je l'aurais bien pris pour compagnon, mais il était déjà si loin, invisible.

Calmement, le Savant de Marseille caressa l'aile de sa fidèle Coccinelle, l'air pensif, puis s'installa au volant.

« On y va, dit-il. Tu en as assez vu ?

– Oh oui, m'empressai-je d'acquiescer. Courage, fuyons ! »

Il démarra. Les libellules prirent leur essor et j'aperçus bientôt à nouveau l'albatros qui nous ouvrait la voie. Puis, libre comme l'air, il nous fit un au revoir d'un battement de ses ailes de géant.

Nous étions désormais hors d'atteinte, à l'abri des pièges aériens, terrestres, maritimes et des contrôles identitaires. Le moteur se replia sur une vitesse de croisière.

« Que vas-tu faire, maintenant ? interrogea le Sorciologue.

– Maintenant ? Je... »

La question m'avait pris au dépourvu tant j'avais lâché le fil du temps. Je pensais qu'il faisait allusion au fait que j'avais eu un large aperçu de la Satiété de consommation. Je procédai à un rapide tour d'horizon et, ma main crispée sur la ceinture de sécurité, constatai que je ne savais plus que faire de « maintenant ». Encore moins qu'en arrivant sur la plage des Lézards-merguez, quelques heures auparavant. J'étais à mon tour victime d'une fuite de sens, en panne sèche, déboussolé.

« Et toi ? lui retournai-je la question en revers lifté.

– Moi, je vais écrire, enchaîna-t-il sans hésiter. En attendant. »

Il allait peut-être faire comme ce pêcheur assis derrière ses lignes, jambes écartées, occupé à lire un roman. Il avait bien de la chance de disposer d'un présent indicatif, songeai-je au moment où la Coccinelle entrait dans le centre-ville et se faufilait entre les ombres des grands immeubles.

J'avais fait ce long voyage au bout de l'ennui, et maintenant ?

Au détour d'une Station de Sens plombé, je reconnus la Zone Urbaine Sensible des hérons teneurs de murs. Je me dis que ces Persolitaires auraient peut-être un jour besoin de moi, et que je donnerais un sens à ma vie en les formant à la théorie des Pépites et des Pépins.

La Coccinelle freina sec devant deux d'entre eux qui traversaient le passage clouté, les yeux rivés sur les zébrures du macadam, comme s'ils passaient le Rio Grande pour rentrer dans leur réserve. Ils nous regardèrent salement, l'œil suspicieux et arrogant, lorsque le Sorciologue reconnut soudain l'un des cobayes qui avaient accepté de répondre à ses questions, l'an passé, lors de son enquête de terrain. Il le klaxonna amicalement. Le jeune Héron plissa les yeux, baissa la garde, laissa échapper un petit rire et s'approcha de la vitre de la Coccinelle, plus détendu que jamais dans sa tenue de sport dépareillée. La ceinture de son pantalon lui descendait presque à mi-cuisses.

« *Wesch*, Doc, tranquille ?

– Alors, Lascar, toujours le cafard ?

– Non, ça va mieux. Suis frais comme un gardon. Me suis même mis à chercher du boulot, maintenant : tu vois, le bizness... J'ai fait le plein de sens à la Station, alors c'est cool... Tu fais plus d'enquêtes pour tes recherches sur je sais plus quoi, la... la Satiété de Consommation d'mes couilles ?

– Si, comme tu dis... Je continue, mais en explorant un autre champ d'investigation... »

Le Héron souffla par le nez un jet gazeux qui témoignait de son scepticisme. Non, décidément il ne pourrait pas non plus compter sur les sciences sociales pour le sortir de son trou à rats, ni sur leurs directeurs de recherche, aussi black et sympas fussent-ils.

« Ouais, je vois... Et tu trouves ?

– Non, mais ce qui compte, c'est de chercher...

– C'est aussi ce que je me dis pour le boulot : ce qui compte, c'est chercher... Bon, à un de ces quatre, inch'Allah. »

Il n'avait pas le temps de parler davantage, l'oisiveté l'attendait. Il décocha un dernier regard sur moi, l'air de tenter de deviner de quelle galaxie je débarquais, me sentant une certaine ressemblance avec lui, une cause commune, avant de rejoindre son co-teneur de murs. Et, se retournant subitement :

« Je t'ai pas déjà vu quelque part, mec ?

– Si, répondis-je. Dans le tromé. Je l'ai pris une fois.

– Ouais, je me souviens. C'est toi, le chelou qui dit bonjour à tout le monde ? »

Son doigt se pointa sur moi pour mieux me crocheter dans sa mémoire. Il sourit, puis retourna caser sa carcasse vagabonde dans l'ombre de son ami Puma. En murmurant, ils finirent de traverser la chaussée zébrée de jaune et retournèrent se positionner au bas de leur immeuble, sur un pied, l'autre retenant un mur en déséquilibre permanent. C'est drôle, lui aussi connaissait l'expression bretonne « À un de ces quatre ! »

La nuit était presque tombée sur terre, parmi les restes de Hummers calcinés. L'imposant immeuble avait l'allure d'un navire aux cabines illuminées, sur le point d'appareiller pour un long voyage. Le *France*, à moins que ce ne fût *Le Titanic*.

La Coccinelle reprit son envol.

« Pour en revenir à nos moutons : et toi ? reformula le Doc. Que vas-tu faire, maintenant ? »

J'avais eu le temps de concocter une réponse plausible :

« Dormir. »

Oui, c'était bien cela, j'avais besoin de fermer les yeux. Ce nouvel Ordre des choses m'avait réduit à quia. Mais pourquoi les gens avaient-ils laissé faire ? Jusqu'où faudrait-il les aliéner pour les faire réagir ? Je pensais qu'un jour, XXL irait jusqu'à inventer des puces à greffer sous les paupières pour les maintenir en situation de gavage, y compris les yeux fermés. Après tout, n'avait-elle pas déjà mis au point de ces puces dissimulées dans le ventre des ordinateurs et qui fonctionnaient en collaboration avec des souris domptées, enchaînées à des claviers ?

Je rentrai chez moi, dans ma Fosse aux Ours, n'en pouvant plus.

En me déposant devant ma porte, le Savant de Marseille tint à m'offrir son volume de *Correspondance* de Stevenson ; pour refaire le plein, il irait en reprendre un autre tome à la bibliothèque. J'étais gêné d'accepter, mais il insista. Ma réticence lui rappela une histoire qu'il n'avait eu nul besoin de congeler, tant elle était restée conservée au chaud dans son cœur. Il tint à me la faire partager comme un autre cadeau d'adieu.

Un jour, il avait proposé à son vieux père analphabète de l'accompagner à la bibliothèque où il était convié à une conférence pompeusement intitulée « De la Laine des moutons à la Haine des hérons. Conflits urbains et quête d'identité ». Son vieux père, lui aussi ancien Chibani, savait tout lire dans la vie, hormis les livres écrits par les gens de la ville, car c'était un homme de paroles. Il avait accepté du bout des lèvres de suivre son fils, bien que ce fût là un voyage hors ses murs. Il était soucieux, son fils le sentait. Lorsqu'ils parvinrent devant la bibliothèque, la responsable vint les accueillir sur le pas de la porte. À ce moment, le vieux père réalisa qu'il lui était impossible d'entrer dans cet univers-là. Il l'avait vu depuis la rue, à travers les baies vitrées, et l'avait par trop magnifié. Son fils en fut malheureux. Il insista : il allait le protéger, une fois à l'intérieur. Mais le vieux tint bon. Il se mira dans la vitre de l'entrée et se trouva sale, mal rasé, trop mal fagoté, dans ses vêtements de pauvre, pour prétendre pénétrer dans le temple du savoir. Il le répéta à son fils : cela ne pouvait se faire. C'était trop inconvenant. Pour oser pénétrer dans un tel endroit, il fallait être habillé en dimanche. Le fils eut beau expliquer que tous les savoirs étaient dignes et respectables, que les tenues correctes n'étaient pas exigées, le vieux recula de plusieurs pas. La bibliothécaire prononça des mots qu'il ne comprit pas. Il baissa les yeux sur ses chaussures. Elles n'étaient pas du dernier cri. Il les prit à témoin pour reculer davantage, loin de l'antre du savoir, puis tourna les talons et rebroussa chemin. Le fils le regarda tristement regagner sa cabane.

Dans la Coccinelle, le Sorciologue laissa tomber deux gouttes de pluie sur les lettres de Robert Louis. Il n'avait jamais parlé de cela à personne et se rendait compte, en souriant en même temps, que ses mots fondaient en larmes. Son vieux père avait eu peur des livres, des connaissances accumulées depuis la nuit des temps par l'espèce humaine, et, selon lui, les jeunes Hérons des ZUS souffraient du même syndrome de l'Impropreté sociale, attitude qu'il qualifiait de sentiment d'illégitimité.

« Voilà pourquoi tout ça ! » fit-il en tendant les mains vers les bouquins qui tapissaient le siège arrière de la Coccinelle.

Son réservoir était toujours plein de Sens. À défaut du CAP, diplôme délivré par les Stations de Sens plombé, il avait trouvé un cap à sa vie, et c'était là sa chance.

« C'est vrai que tu vas dormir ? » questionna-t-il à nouveau.

Oui. J'en avais grand besoin. Pour mieux me réveiller dans quelques années-lumière.

« Dommage, fit-il en me donnant l'accolade. Tu aurais pu faire bien des choses pour les gens : ils sont perdus, tu l'as bien vu. Mais je sais que tu es un homme libre, et rien ne peut retenir les hommes libres. Va, frère. »

Je ne sais pourquoi, je pensai à cet instant au Parc des Cages dorées que les autorités locales avaient rebaptisé « Le Safari », dans lequel des animaux étaient toujours maintenus en rétention contre leur gré. Les noms avaient été changés, pas les barreaux. Je me dis qu'un jour, peut-être, d'audacieux responsables décréteraient que les animaux civilisés pourraient vivre en liberté au milieu des humains sauvages, sans qu'il soit besoin de réserves. Tout le monde y gagnerait. Surtout les enfants.

Serrant la main du Savant de Marseille, je savais que je ne le reverrais plus. Il voulait à présent jeûner, se délester, non pas des richesses de sa mémoire, au contraire, mais de ses inutiles surcharges, continuer à chercher des vérités et à en noircir des pages. C'était sa façon de prendre le maquis. Pour mieux continuer à dire bonjour à n'importe qui.

Il n'oubliait jamais de caresser l'aile de sa Coccinelle quand il s'y engouffrait. Il m'adressa un clin d'œil fraternel :

« On se reverra », dit-il en actionnant la clé de contact.

L'oiseau de fer démarra, accéléra, puis s'envola en bout de piste, laissant un ciel de traîne. Quand il eut disparu derrière un immeuble géant, je souris en me rendant compte que ce grand gaillard aussi souriait toujours à la vie. Voilà pourquoi son chemin était exempt de Pépins. Il savait écrire. Sa voie était libre. Aucune Police de l'air et des frontières ne pourrait jamais intercepter les hommes de plume. Quand il arriva à l'étage des premiers nuages, je le vis abaisser la vitre de sa Coccinelle et tendre le bras. Quelques secondes plus tard, des confettis plurent à mes pieds. C'était le papillon blanc et vert que les policiers de l'Identité nationale avaient collé sur son pare-brise. Il l'avait déchiré en menus morceaux. Il n'y aurait jamais plus de Contrôle ethnique dans son monde. C'était un savant qui, pour voir l'Humanité au futur, préférait bâtir des ponts plutôt que des murs.

De retour dans mon logement de la Fosse aux Ours, je dormis une éternité, fis et refis le tour du cadran, espérant qu'une main bienveillante viendrait accrocher un ballon au bastingage de mon lit, mais il était sans doute devenu trop lourd et aucune fée ne passa me chercher. À mon réveil, j'enfouis quelques effets dans une valise et me postai à la fenêtre, attendant qu'un zéphyr se lève. Rien ne vint rider la placidité des eaux du Mississipipi.

Plusieurs jours passèrent, creusant ma nostalgie. Il fallut redonner du grain à moudre aux sabliers, aussi me plongeai-je dans la *Correspondance* de Stevenson, me laissant ligoter avec délices par les arabesques de sa plume. Dehors, le tumulte de la ville ne se relâchait pas. Les habitants étaient toujours aussi accros aux klaxons, aux rugissements de moteurs trafiqués, aux vaticinations des parieurs du PMU, aux hurlements de fous sur les trottoirs, aux sirènes des véhicules d'urgence reliant la plage artificielle à l'hôpital et aux studios de télévision.

Je tournai une page.

Dans le silence revenu, je repensai à ces jeunes que j'avais vu arpenter les rues, des écouteurs sur les oreilles, et qui n'entendaient plus rien, à ces automobilistes pris dans les bouchons qui abaissaient leurs vitres pour laisser s'échapper les clameurs de leur radio, à ces autres qui marchaient en gesticulant et en remuant les lèvres, des puces agrafées aux lobes de leurs oreilles, à ces Chibanis de la forêt qui s'ignoraient en arpentant le même trottoir comme une banquise.

Confortablement installé dans mon livre, je tournai une nouvelle page dans un léger bruissement. Les bruits de la ville me cherchaient mais ne me trouvaient plus. J'étais calfeutré. La Nouvelle Satiété gavait ses ressortissants mais n'avait pas trouvé mon code *pin*. Le temps était venu de m'évader de la Fosse aux Ours. Mes parents partis au paradis, j'étais le seul héritier de leurs racines. J'avais la responsabilité de l'arrosage, en leur absence.

Une nuit, étendu sur mon lit, je tirai au-dessus de moi une moustiquaire et fermai les yeux. Ma bonne étoile me suggéra de quitter la Gaule pour aller voir ailleurs si j'y étais. La magie opéra comme dans un conte des Mille et quelques nuits. Le lendemain matin, je trouvai dans ma boîte aux lettres une invitation à me rendre aux États-Unis d'Amérique pour une conférence sur les fuites de sens chez les Hérons des ZUS de Gaule, comparés à ceux d'outre-Océan. Le professeur invitant avait lu dans un journal un compte-rendu de la « Marche des sens » et souhaitait me faire parler sur cette expérience unique en son genre, qui avait assemblé toute la diversité des espèces vivantes. J'acceptai avec joie de me rendre dans l'aire de la Satiété de consommation que des millions de migrateurs venus de tous les continents avaient aménagé avec le petit bois de leurs espérances.

Ce soir, le Mississipipi est calme.
Derrière ses quatre gaules aux fils tendus,
le pêcheur est toujours avachi sur son pliant,
jambes écartées et tendues.
Il lit encore.

En équilibre sur la ligne d'horizon, le soleil s'impatiente de voir l'homme achever son ouvrage avant de sombrer dans la nuit.

Passant devant, j'inspecte ses gaules pour voir si ça a mordu. Elles sont garnies de poissons qui font queue devant les leurres, attendant qu'on renouvelle les appâts.

J'ai à nouveau considéré le lecteur. Je n'ai pas cherché à lui signifier qu'on l'attendait au bout de ces lignes. Je suis resté comme en suspens devant lui. Lentement il a tourné une page, la dernière, puis a refermé le livre sur ses genoux. Le souffle coupé, il a posé les mains sur sa couverture tandis que ses yeux inconsolés fixaient le soleil qui n'attendait plus que lui pour éteindre.

La grosse Pépite a enfin basculé de l'autre côté. J'en ai profité pour me faufiler entre chien et loup et reprendre ma route à destination d'Ithaque.

Confiant, j'ai mis en marche ma mobylette.

Cet ouvrage a été imprimé en France par
CPI Bussière
à Saint-Amand-Montrond (Cher)
en décembre 2008

« Pour l'éditeur, le principe est d'utiliser des papiers composés de fibres naturelles, renouvelables, recyclables et fabriquées à partir de bois issus de forêts qui adoptent un système d'aménagement durable.

En outre, l'éditeur attend de ses fournisseurs de papier qu'ils s'inscrivent dans une démarche de certification environnementale reconnue. »

Photocomposition Nord Compo
Villeneuve-d'Ascq

35-33-3962-4/01

Dépôt légal : janvier 2009.
N° d'édition : 112314. – N° d'impression : 084028/4.